세 마리 토끼 잡는 독서 논술

A1

초1~초2

저자: 지에밥 창작연구소_

'지에밥'은 '찐 밥'이라는 뜻을 가진 순우리말로, 감주 · 막걸리 · 인절미 등 각종 음식의 재료를 뜻합니다.
'지에밥 창작연구소'는 차지고 윤기 나는 밥을 짓는 어머니의 정성처럼 좋은 내용으로 세상 모든 사람들에게 넉넉하게 쓰일 수 있는 지혜를 선물하고 싶습니다.

이 책을 쓴 지에밥 연구원들_

강영주(지에밥 창작연구소 소장, 빨간펜 논술, 기탄 국어 등 기획 개발), 김경선(동화작가 및 기획 편집자), 김혜란(동화작가, 아동문학가협회 회원), 왕입분(동화작가 및 기획 편집자), 우현옥(동화작가), 이현정(동화작가), 이혜수(기획 편집자), 이현정(동화작가 및 기획 편집자), 정성란(동화작가), 조은정(동화작가 및 기획 편집자), 최성옥(기획 편집자), 한현주(동화작가), 한화주(동화작가), 홍기운(동화작가 및 기획 편집자)

이 책을 감수한 선생님들_

권영민(서울대학교 국어국문학과 교수), 홍준의(서원대학교 과학교육과 교수), 김병구(숙명여자대학교 의사소통센터 교수), 문영진(전북대학교 국어교육과 교수), 조현일(원광대학교 국어교육과 교수), 김건우(대전대학교 국어국문학과 교수), 유호종(서울대학교 철학박사), 구자송(상암고등학교 국어 교사), 김영근(서울과학고등학교 국어 교사), 최영환(여의도고등학교 국어 교사), 구자관(한성과학고등학교 국어 교사), 윤성원(한성과학고등학교 국어 교사), 장원영(세화고등학교 역사 교사), 박영희(대왕중학교 과학 교사), 심선희(서울고등학교 과학 교사), 한문정(숙명여자고등학교 과학 교사)

세 마리 토끼 잡는 독서 논술 A1권

펴낸날 2024년 10월 15일 개정판 제19쇄
지은이 지에밥 창작연구소 | **연구원** 이자원, 박수희 | **펴낸이** 주민홍 | **펴낸곳** ㈜NE능률 | **디자인** framewalk | **삽화** 김석류(표지, 캐릭터) | **영업** 한기영, 이경구, 정철교, 김중희, 김남준, 이우현 | **마케팅** 박혜선, 남경진, 허유나, 이지원, 김여진 | **주소** 서울특별시 마포구 월드컵북로 396(상암동) 누리꿈스퀘어 비즈니스타워 10층(우편번호 03925) | **전화** (02)2014-7114 | **팩스** (02)3142-0356 | **홈페이지** www.nebooks.co.kr | **출판등록** 제1-68호
ISBN 979-11-253-3077-6 | 979-11-253-3111-7 (set)

펴낸날 2012년 3월 1일 1판 1쇄
기획 개발 지에밥 창작연구소 | **디자인 기획 진행** 고정선 | **디자인** 유정아, 박지인, 이가영, 김지희 | **삽화** 오유선, 안준석, 정현정, 윤은하, 김민석, 윤찬진, 정효빈, 김승민

제조년월 2024년 10월 **제조사명** ㈜NE능률 **제조국** 대한민국 **사용 연령** 8~9세

〈세 마리 토끼 잡는 독서 논술〉을 펴내며

하루하루 성장하는
내 아이의 모습을 확인하길 바라며

프랑스의 유명한 정신 분석학자이자 철학자인 라캉은 인간이 성장한다는 것은 '상징계'에 편입되는 것이라고 말했습니다. 그가 말한 상징계란 '언어를 매개로 소통하는 체계'를 의미하는데, 우리가 살아가는 세상 혹은 사회가 바로 그것입니다. 결국 한 아이가 태어나서 정신적으로 성장하는 아동기에서 가장 중요한 것은 언어로 소통하는 능력을 키우는 일입니다. 〈세 마리 토끼 잡는 독서 논술〉은 이와 같은 점에 주목하여 기획하고 구성하였습니다.

첫째, 문자 언어를 비롯하여 그림, 도표 등 다양한 상징체계를 이해하는 과정을 통해 통합적인 언어 이해력을 키울 수 있도록 하였습니다.

둘째, 텍스트 이해력뿐만 아니라 추론 능력, 구성(표현) 능력, 비판적 사고 능력 등을 통합적으로 길러서 여러 가지 문제를 해결하는 데 실질적으로 도움이 될 수 있도록 하였습니다.

셋째, 초등 교육과정의 핵심 내용과 밀접하게 연계되도록 설계하였습니다.

부모님보다 더 훌륭한 스승은 없습니다. 〈세 마리 토끼 잡는 독서 논술〉은 부모님 이외의 다른 어떤 선생님도 필요 없습니다. 이 학습 프로그램을 통해서 하루하루 성장하는 내 아이의 모습을 확인하는 기쁨을 누리시길 바랍니다.

세 마리 토끼 잡는 독서 논술이란?

어떤 책인가요?

하나의 주제와 관련된 다양한 글(동화, 시, 수필, 만화, 논설문, 설명문, 전기문 등)을 읽고 통합 교과적인 문제를 풀면서 감각적 언어 능력(작품의 이해와 감상)과 논리적 이해 능력(비문학의 구조, 추론, 적용 등), 국어 지식(어휘, 문법 등), 사회와 과학 내용 등을 동합적으로 익히는 독서 논술 프로그램 학습지입니다.

몇 단계, 몇 권인가요?

〈세 마리 토끼 잡는 독서 논술〉은 다음과 같이 총 5단계, 25권입니다.

단계	P단계	A단계	B단계	C단계	D단계
대상 학년	유아~초등 1년	초등 1년~2년	초등 2년~3년	초등 3년~4년	초등 5년~6년
권 수	5권	5권	5권	5권	5권

세 마리 토끼란?

'독서', '사고', '통합 교과'의 세 가지 영역을 말합니다. 즉, 한 권의 독서 논술 책으로 다양한 장르의 글을 읽을 수 있고, 논술 문제를 풀면서 사고력을 기를 수 있으며, 초등학교 주요 교과 내용과 연계된 문제를 풀면서 통합 교과 학습을 할 수 있습니다.

하루에 세 장씩
꾸준히 학습하면
세 마리 토끼를
잡을 수 있어요.

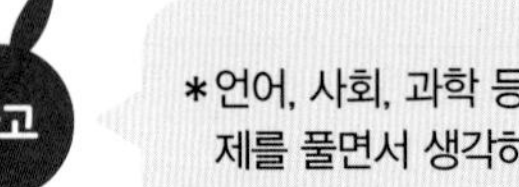

독서
* 각 단계에 맞게 초등학교의 주요 교과 내용을 주제로 정함.
* 각 권의 주제와 관련된 글을 언어, 사회, 과학 등으로 나누어 읽을 수 있음.

사고
* 언어, 사회, 과학 등과 관련된 다양한 장르의 글을 읽고 논술 문제를 풀면서 생각하는 능력과 생각하는 폭을 확장할 수 있음.

통합 교과
* 다양한 장르의 글을 읽고 초등학교 국어, 사회, 과학 등의 학습 내용과 관련된 문제를 풀면서 통합 교과 학습을 할 수 있음.

세 마리 토끼 잡는 독서 논술 이런 점이 다릅니다

초등학교 교과 내용과 긴밀하게 연결되어 있습니다.

각 단계의 권별 내용과 문제는 그 단계에 맞는 학년의 주요 교과 내용과 긴밀하게 연결되어 교과 학습에 도움을 줍니다.

하나의 주제를 통합 교과적으로 접근합니다.

각 권마다 하나의 주제가 있고, 그 주제를 언어, 사회, 과학과 연결시켜서 사고를 확장할 수 있게 하였습니다. 그리고 여러 교과와 연계된 문제를 풀면서 통합 교과적인 사고를 할 수 있습니다.

다양한 서술·논술형 문제를 풀 수 있습니다.

매 페이지마다 통합 교과 논술 문제를 제시하여 생각하는 힘과 표현력을 키울 수 있는 것은 물론 학교 시험에서 강화되고 있는 서술 · 논술형 문제에 대비할 수 있습니다.

다양한 장르의 글을 접할 수 있습니다.

각 주제와 관련된 명작 동화, 창작 동화, 전래 동화, 설화, 설명문, 논설문, 수필, 시, 만화, 전기문 등 다양한 장르의 글을 읽으면서 각 장르의 특성을 체험하며 독서하는 습관을 기를 수 있습니다. 특히 현재 왕성하게 활동하고 있는 여러 동화 작가의 뛰어난 창작 동화가 20여 편 수록되어 있습니다.

수준 높은 그림을 많이 제시하여 흥미롭게 학습할 수 있습니다.

어린이들은 글과 그림이 조화를 이룬 책으로 공부할 때 학습 효과를 높일 수 있습니다. 또한 좋은 그림은 어린이들의 정서 발달에 도움을 줍니다. 이런 점을 생각하여 한 페이지를 넘길 때마다 수준 높은 그림을 제시하여 어린이들이 흥미롭게 학습할 수 있도록 하였습니다.

세 마리 토끼 잡는 독서논술은 이렇게 구성되었습니다

독서 전 활동 생각 열기

★ 한 주의 학습을 시작하기 전에 주제와 관련된 사진이나 그림을 보고, 앞으로 학습할 내용에 대해 흥미를 가질 수 있도록 하였습니다.

★ '생각 톡톡'의 문제를 풀면서 주제에 대한 자신의 경험이나 평소 생각을 돌이켜 보며 앞으로 학습할 내용을 짐작할 수 있도록 하였습니다.

★ 통합 교과 활동과 이어질 교과서의 연계 교과를 보며 교과 내용을 참고할 수 있도록 하였습니다.

독서 중 활동 깊고 넓게 생각하기

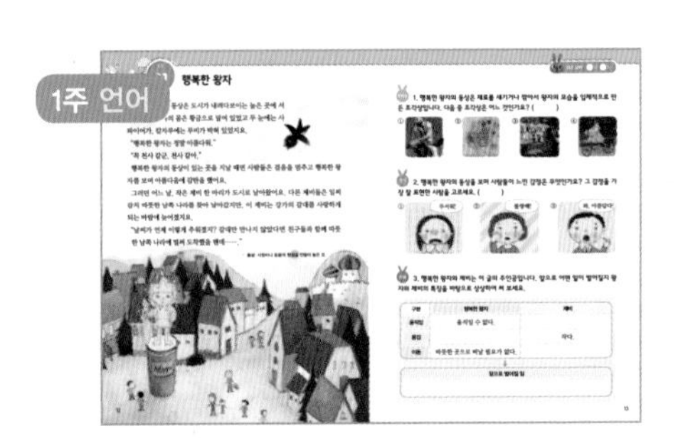

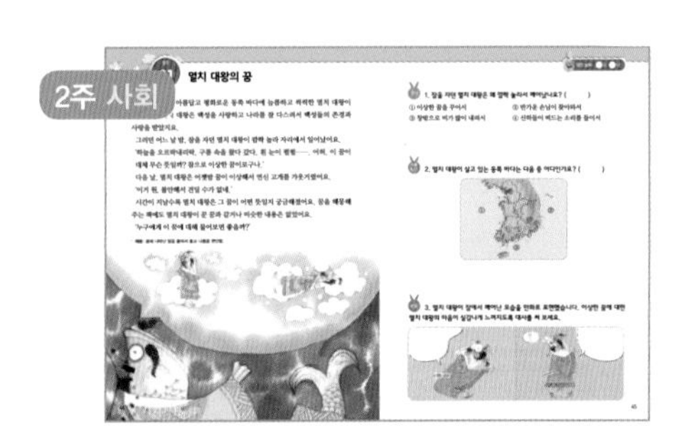

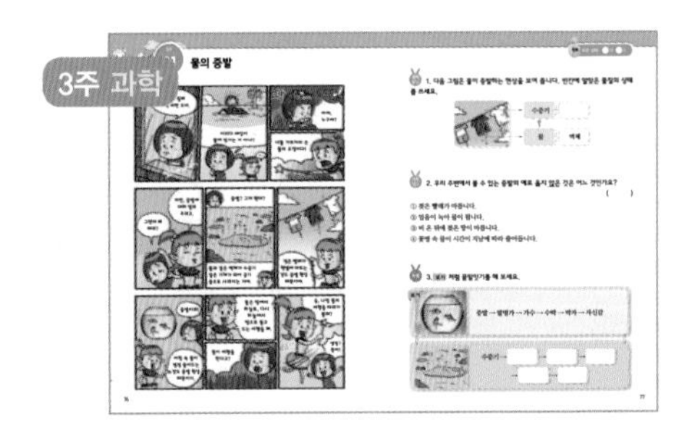

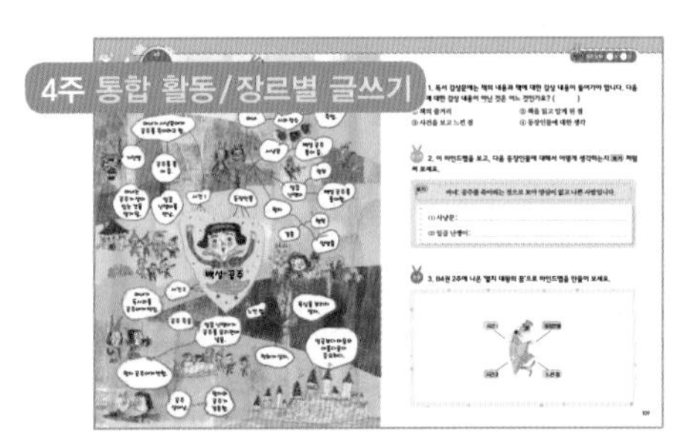

★ 한 권에 하나의 주제가 있고, 그 주제를 언어, 사회, 과학으로 나누어서 다양한 장르의 글을 읽으며 통합 교과 문제와 논술 문제를 풀 수 있도록 구성하였습니다.

★ 1주는 언어, 2주는 사회, 3주는 과학과 관련된 제재로 구성하였고, 4주는 초등 교과에서 다루고 있는 여러 가지 장르별 글쓰기(일기, 동시, 관찰 기록문, 기행문, 독서 감상문, 기사문, 논설문, 설명문, 희곡 등)와 명화 감상, 체험 학습 등의 통합 교과 활동으로 구성하였습니다.

독서 후 활동 생각 정리하기

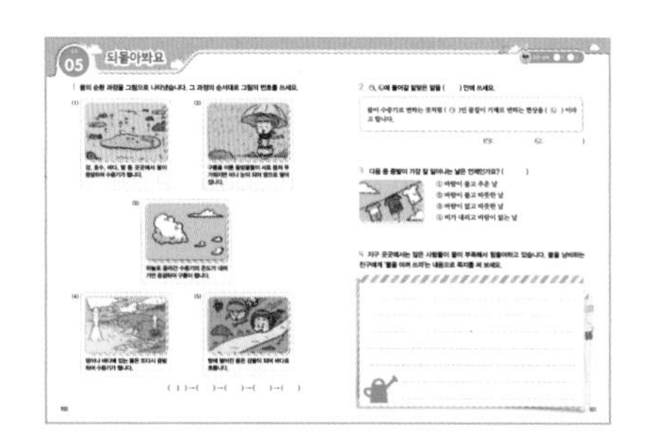

되돌아봐요

★ 앞에서 읽은 글을 돌이켜 보면서 이야기의 흐름과 중심 생각을 파악하고, 더 나아가 자신의 생각을 발전시키는 문제를 풀 수 있도록 하였습니다. 이를 통해 한 주 동안 읽고 생각한 내용을 머릿속에서 차근차근 정리할 수 있습니다.

내가 할래요

★ 주제와 관련된 여러 가지 활동을 하며 한 주의 학습을 마무리할 수 있도록 하였습니다. 종이접기, 편지 쓰기, 그림 그리기 등 재미있는 활동을 하며 창의력과 상상력을 키울 수 있습니다.

★ 한 주의 학습이 끝난 다음 체크 리스트를 통해 학습한 주요 내용을 잘 이해하고 적용할 수 있는지 평가할 수 있습니다.

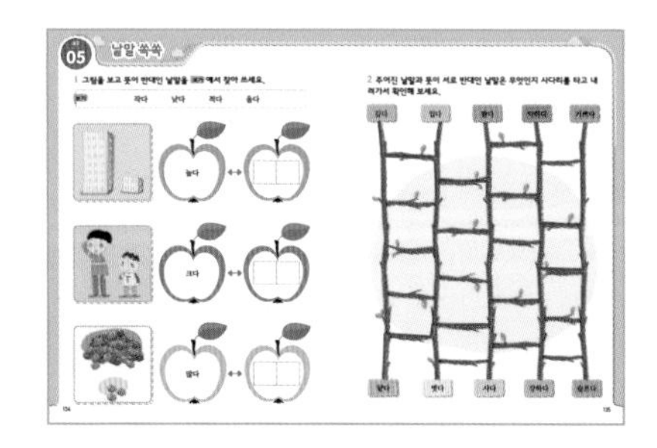

낱말 쏙쏙 (유아 P단계)

★ 한 주 동안 글을 읽으며 새로이 배운 낱말들을 그림과 더불어 살펴보고 익힐 수 있습니다.

궁금해요 (초등 A~D단계)

★ 한 주 동안 읽은 글이나 주제와 관련된 배경지식을 제공하여 앞에서 학습한 내용을 좀 더 깊이 이해할 수 있습니다.

세 마리 토끼 잡는 독서논술의 커리큘럼

단계	권	주제	제재			
			언어(1주)	사회(2주)	과학(3주)	통합 활동 장르별 글쓰기(4주)
P (유아 ~초1)	1	나의 몸 살피기	뾰족성의 거울 왕비	주먹이	구슬아, 어디로 가니?	몸 튼튼, 마음 튼튼
	2	예절 지키기	여우와 두루미	고양이가 달라졌어요	비비네 집으로 놀러 와!	안녕하세요?
	3	친구와 사귀기	하얀 토끼, 까만 토끼	오성과 한음	내 친구를 자랑합니다!	거꾸로 도깨비 나라
	4	상상의 즐거움	헤라클레스의 모험	용용 죽겠지?	나는야 좋은 바이러스	상상이 날개를 달았어요
	5	정리와 준비의 필요성	지우개야, 고마워!	소가 된 게으름뱅이	개미 때문에, 안 돼~!	색깔아, 모양아! 여기 모여라!
A (초1 ~초2)	1	스스로 하기	내가 해 볼래요!	탈무드로 알아보는 스스로 하는 힘	우리도 스스로 잘 살아요	일기를 써 봐요
	2	가족의 소중함	파랑새	곰이 된 아빠	동물들의 특별한 아기 기르기	편지를 써 봐요
	3	놀이의 즐거움	꼬부랑 할머니와 흰 눈썹 호랑이	한 번도 못 해 본 놀이	동물 친구들도 노는 게 좋대요	머리가 좋아지는 똑똑한 놀이
	4	계절의 멋	하늘 공주가 그린 사계절	눈의 여왕	나뭇잎을 관찰해요	동시를 써 봐요
	5	자연 보호	세모산 솔이	꿀벌 마야의 모험	파브르 곤충기 (송장벌레)	관찰 기록문을 써 봐요
B (초2 ~초3)	1	학교생활	사랑의 학교	섬마을 학교가 좋아졌어요	우리 반 사고뭉치 기동이	소개하는 글을 써 봐요
	2	호기심 과학	불개 이야기	시턴 "동물기" (위대한 통신 비둘기 아노스)	물을 훔쳐 간 범인을 찾아라!	안내하는 글을 써 봐요
	3	여행의 즐거움	하나의 빨간 모자	15소년 표류기	갯벌 탐사 여행	기행문을 써 봐요
	4	즐거운 책 읽기	행복한 왕자	멸치 대왕의 꿈	물의 여행	독서 감상문을 써 봐요
	5	박물관 나들이	민속 박물관에는 팡이가 산다	재미있는 세계 이야기 박물관	과학관으로 놀러 오세요	광고하는 글을 써 봐요

단계	권	주제	제재			
			언어(1주)	사회(2주)	과학(3주)	통합 활동 장르별 글쓰기(4주)
C (초3 ~초4)	1	교통의 발달	자동차의 왕, 헨리 포드	당나귀를 타려다가……	교통수단, 사람들 사이를 잇다	명화 속 교통수단
	2	날씨와 환경	그리스 로마 신화	북극 소년 피터	생활 속 과학	날씨와 생활
	3	나누며 사는 삶	마더 테레사	민들레 국숫집	지진과 화산	주장하는 글을 써 봐요
	4	지역의 자연환경	울산 바위의 유래	우리 마을이 최고야!	아름다운 우리 고장	우리 마을 지도를 그려 봐요
	5	지역의 문화	준치가 메기 된 날	강릉의 딸, 겨레의 어머니 신사임당	우리나라 풀꽃 이야기	지역 특산물을 소개해 봐요
D (초5 ~초6)	1	우리 역사	삼국유사	옛날 사람들은 어떻게 살았을까?	역사를 바꾼 겨레 과학	지붕 없는 박물관, 경주 역사 유적 지구
	2	문화유산	반야산 불상의 전설	난중일기	우리 문화에 숨어 있는 과학	설명하는 글은 어떻게 쓸까요?
	3	경제생활	탈무드로 만나는 경제	나눔을 실천한 기업가 유일한	재미있는 확률 이야기	기사문은 어떻게 쓸까요?
	4	정보화 사회	컴퓨터 천재 빌 게이츠	봉수와 파발	컴퓨터와 인터넷 세상	연설문은 어떻게 쓸까요?
	5	세계와 우주	우주를 여행하는 과학자 스티븐 호킹	80일간의 세계 일주	별과 우주	희곡은 어떻게 쓸까요?

각 학년의 교과와
연계된 주제로 다양한 글을
읽을 수 있어요.

세 마리 토끼 잡는 독서 논술 이렇게 공부하세요

자신 있게 학습할 수 있는 단계를 선택하세요.

〈세 마리 토끼 잡는 독서 논술〉은 어린이 개인의 능력에 따라 단계를 선택하여 학습할 수 있는 교재입니다. 학년과 상관없이 자신이 자신 있게 학습할 수 있는 단계부터 선택하는 것이 중요합니다. 너무 어려운 단계나 너무 쉬운 단계를 선택하면 학습에 흥미를 잃을 수 있으므로 주의하세요.

한 주 동안 읽어야 할 독서 자료를 미리 읽으세요.

한 주 동안 읽어야 할 독서 자료를 미리 읽고 전체 내용을 파악한 다음, 매일 3장씩 읽고 문제를 푸는 것이 독서 학습을 하는 데 효과적입니다. 독서에는 흐름이 있습니다. 전체의 흐름을 미리 알고 세부적인 문제를 푸는 것이 사고력 확장에 도움이 됩니다.

매일 3장씩 꾸준히 공부하세요.

'가랑비에 옷이 젖는다.'라는 속담처럼 매일 꾸준히 3장씩 읽고, 생각하고, 표현하다 보면 독서, 사고, 통합 교과적 사고 능력이 성장한다는 것을 느낄 수 있을 것입니다. 그리고 매일 학습을 마친 뒤에는 '1일 학습 끝!' 붙임 딱지를 붙이면서 성취감을 느껴 보세요.

한 주 학습을 마친 후 자기 평가를 해 보세요.

한 주 학습이 끝난 다음에는 체크 리스트를 통해 학습한 내용을 얼마나 이해하고 적용할 수 있는지 스스로 평가해 보세요. 그래서 부족한 부분이 있다면 다시 한번 짚고 넘어가세요.

부모님과 깊이 있는 대화를 나누어 보세요.

한 주 동안 독서 자료를 읽고 문제를 풀면서 생각하고 표현해 보았다면, 그 주제에 대해 부모님과 이야기를 나누어 보세요. 주제에 대해 자신이 새롭게 알게 된 것이나 다르게 생각하게 된 것을 부모님과 이야기하다 보면 생각이 더욱 커진답니다.

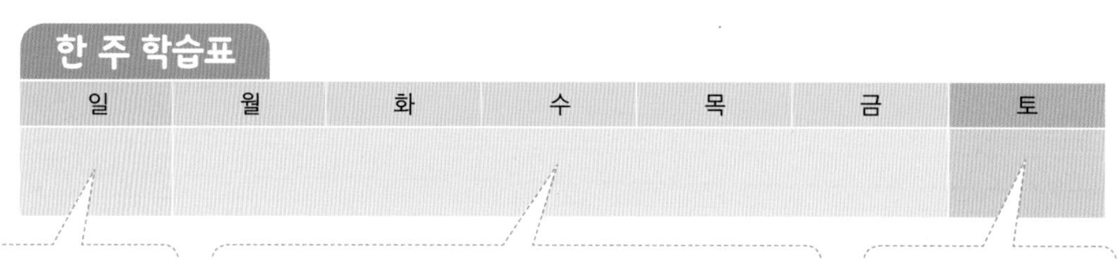

세 마리 토끼 잡는 독서논술

주제	주	제목	교과 연계 내용
스스로 하기	언어(1주)	내가 해 볼래요!	[국어 1-2] 문장을 바르게 읽고 쓰기 / 흉내 내는 말에 대해 알기
			[국어 2-2] 차례에 맞게 내용 정리하기
			[통합교과 봄1] 안전하게 등교·하교하기 / 교실에서 지켜야 할 규칙 알기 / 친구와 사이좋게 공부하기 / 교실에서 쓰는 물건 정리 정돈하기
			[통합교과 여름1] 집에서 지켜야 하는 규칙과 예절 알기 / 바르게 식사하는 순서와 방법 알기 / 스스로 공부하기 / 스스로 하는 일 생각하기
			[통합교과 봄2] 몸을 깨끗이 해야 하는 이유를 알고 실천하기 / 내가 자라 온 과정 살피기
	사회(2주)	탈무드로 알아보는 스스로 하는 힘	[국어 2-2] 시나 이야기를 읽고 생각이나 느낌 말하기 / 차례에 맞게 내용 정리하기
			[국어 3-2] 인물에 집중하여 글 읽기 / 글쓴이의 생각 알기 / 이야기를 읽고 감동적인 부분 찾기
			[수학 1-2] 9 이하 수의 덧셈과 뺄셈 알기
			[통합교과 봄1] 규칙을 알고 친구와 사이좋게 공부하기
			[통합교과 여름1] 집에서 지켜야 하는 규칙과 예절 알기
	과학(3주)	우리도 스스로 잘 살아요	[국어 3-1] 원인과 결과를 생각하며 글 읽기 / 설명을 읽고 내용 간추리기
			[국어 3-2] 글 읽고 내용 간추리기
			[통합교과 봄1] 생명의 소중함 알기 / 꽃과 새싹 살피기 / 동물이나 식물을 몸으로 표현하기
			[통합교과 여름1] 집에서 기르는 동물과 식물 알기
			[통합교과 여름2] 곤충이나 식물 조사하기 / 곤충과 식물 표현하기
	장르별 글쓰기 (4주)	일기를 써 봐요	[국어 1-1] 기억에 남는 일 말하기 / 기억에 남는 일로 그림일기 쓰기
			[국어 2-2] 인상 깊었던 일로 글쓰기 / 자신의 경험을 시나 노래로 표현하기 / 일이 일어난 차례대로 이야기하기
			[국어 3-2] 겪은 일이나 듣거나 본 일을 실감 나게 쓰기
			[통합교과 봄1] 새싹을 관찰하고 기록하기

1주
내가 해 볼래요!

생각톡톡 집과 학교에서는 스스로 해야 할 일이 많습니다. 어떤 일을 혼자 해야 할지 생각해 한 가지만 써 보세요.

관련교과

[국어 2-2] 차례에 맞게 내용 정리하기

[통합교과 봄1] 안전하게 등교·하교하기 / 교실에서 지켜야 할 규칙 알기 / 교실에서 쓰는 물건 정리 정돈하기

[통합교과 여름1] 집에서 지켜야 하는 규칙과 예절 알기 / 스스로 하는 일 생각하기

1주

01 내가 해 볼래요!

아인이는 꿈을 꿉니다. 꿈속에서 아인이의 팔은 네 개나 됩니다.
밥 먹고, 숙제하고, 머리 빗고, 양말을 신느라고
네 개의 팔들이 바쁘게 움직입니다.
"으아! 바쁘다, 바빠."
"*막둥아, 일어나야지."
어디선가 엄마 목소리가 들려옵니다.
양팔을 흔들며 *잠꼬대를 하던 아인이는 번쩍 눈을 뜨자마자
자기 팔을 봅니다. 다행히 팔은 두 개뿐입니다.
"휴, 꿈이었구나."
엄마가 아인이 방으로 바쁘게 들어옵니다.
"어서 일어나. 학교 늦겠다."
이제 막 1학년이 된 아인이는
오늘 처음 혼자 학교를 갑니다.

※ **막둥이**: '막내'를 귀엽게 이르는 말.
※ **잠꼬대**: 잠을 자면서 자기도 모르게 중얼거리는 헛소리.

1. 다음 중 아인이가 꿈속에서 한 일을 나타낸 것에 ○표 하세요.

(1) (　　)　(2) (　　)　(3) (　　)

2. 엄마는 왜 아인이 방에 바쁘게 들어왔나요? (　　　)

① 아인이를 깨우기 위해서
② 아인이에게 옷을 입히기 위해서
③ 아인이가 숙제를 했는지 확인하기 위해서

논술 3. 아인이는 이상한 꿈을 꾸었습니다. 여러분이 꾸었던 꿈 중에서 이상했던 꿈에 대해 써 보세요.

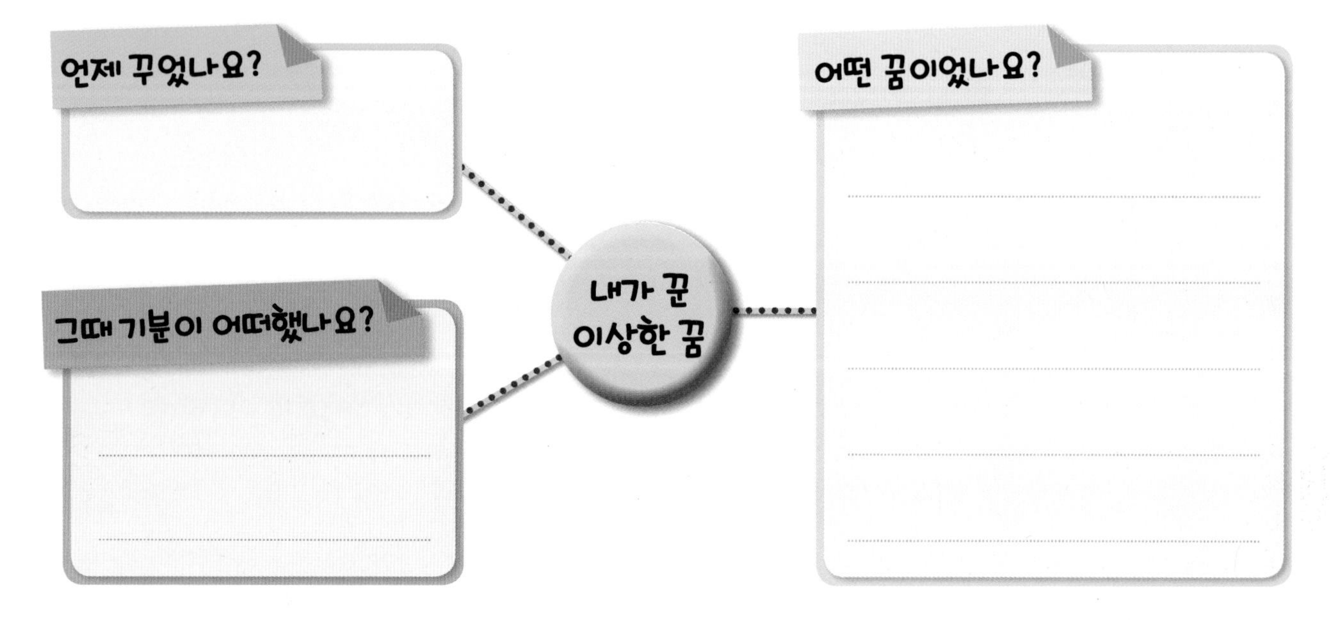

아빠가 아인이의 팔을 잡고 욕실로 갑니다.

"우리 곰곰이, 아빠랑 같이 씻자. 늦으면 안 되잖니."

아빠는 *꼼꼼하게 아인이의 이를 닦아 줍니다.

비누 거품을 듬뿍 내서 얼굴도 찬찬히 씻겨 주고요.

아인이는 비눗물이 눈에 들어가지 않도록 두 눈을 꼭 감고

서 있기만 하면 됩니다.

씻고 나오니, 기다리고 있던 누나가 옷을 입혀 줍니다.

"우리 왕자님, 정말 멋쟁이네."

밥 먹을 때는 할머니가 맛있는 반찬을 숟가락 위에 올려 줍니다.

"우리 강아지, 체하지 않게 꼭꼭 씹어 먹어라."

아인이는 별명이 다섯 개나 됩니다.

막둥이, 곰곰이, 왕자님, 우리 강아지, 그리고

아인이가 제일 싫어하는 별명인 콩자루!

※ **꼼꼼하다**: 빈틈이 없이 차분하고 조심스럽다.

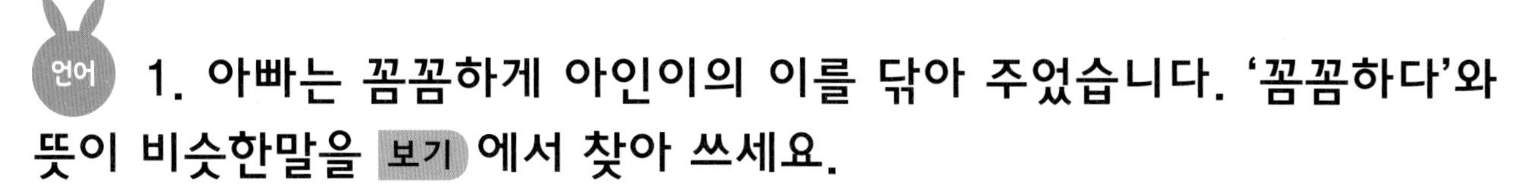

1. 아빠는 꼼꼼하게 아인이의 이를 닦아 주었습니다. '꼼꼼하다'와 뜻이 비슷한말을 보기 에서 찾아 쓰세요.

보기 덜렁대다 빈틈없다 활발하다 신기하다

2. 이를 잘 닦아야 하는 까닭으로 알맞은 것을 두 가지 고르세요.

( )

① 이를 잘 닦으면 입 냄새가 납니다.
② 이를 잘 닦으면 깨끗해서 보기 좋습니다.
③ 이를 잘 닦으면 나쁜 세균들이 없어집니다.

논술 **3. 아인이는 부르는 사람에 따라 별명이 다섯 개나 됩니다. 여러분도 보기 와 같이 가족의 별명을 지어 보세요.**

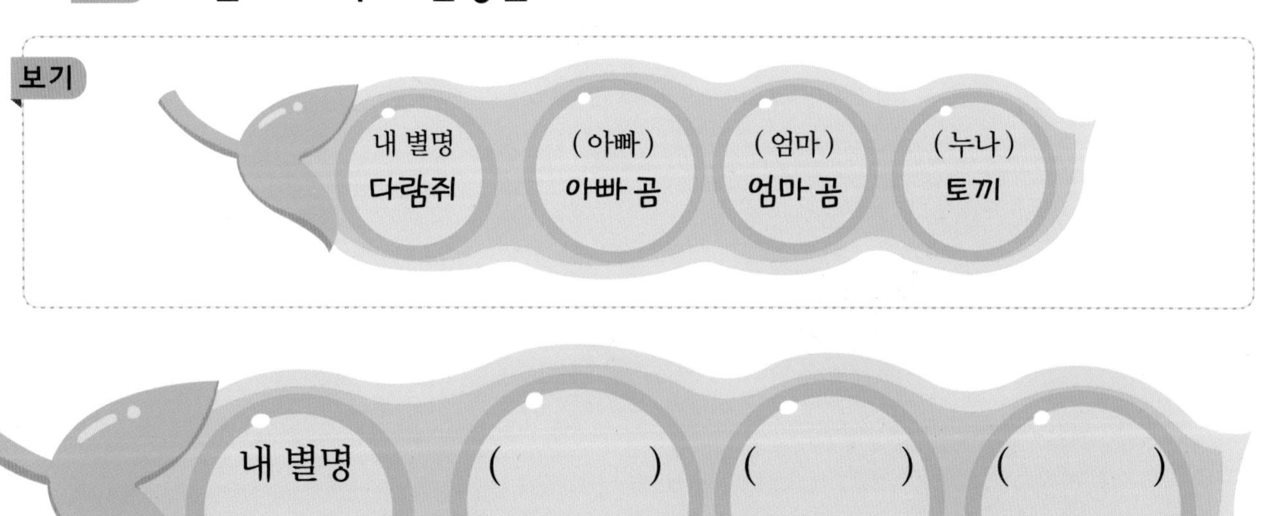

"콩자루, 가자."

현관을 나서는 형에게 엄마가 이야기합니다.

"동인아, 동생 가방 좀 들어 줘라. 신발 끈도 제대로 묶어 주고."

형은 아인이의 신발 끈을 다시 묶어 주고 가방도 들어 줍니다.

그리고 목소리는 작지만 힘을 주어 말합니다.

"콩자루, 이젠 너 스스로 해도 될 나이야."

아인이는 형에게 날름 혀를 내밀어 보입니다.

중학생인 형은 아인이가 *못마땅한 모양입니다.

자루 속에 콩을 넣어 만든 인형처럼 가만히 앉아 아무것도 안 한다고

'콩자루'라는 별명을 붙여 준 형이 아인이도 못마땅합니다.

누나 말처럼 아인이가 마음 넓은 왕자님이라서

참아 주고 있다는 걸 형이 알까요?

* **못마땅하다**: 마음에 들지 않아 좋지 않다.

1. 형은 왜 아인이를 못마땅하게 생각했을까요? (　　　　)

① 아인이가 늦게 일어나서

② 아인이가 마음이 넓어서

③ 아인이가 자기 일을 스스로 하지 않아서

2. 집에서 스스로 할 수 있는 일을 바르게 이야기하지 못한 친구를 찾아 ○표 하세요.

(1)

(　　　　)

(2)
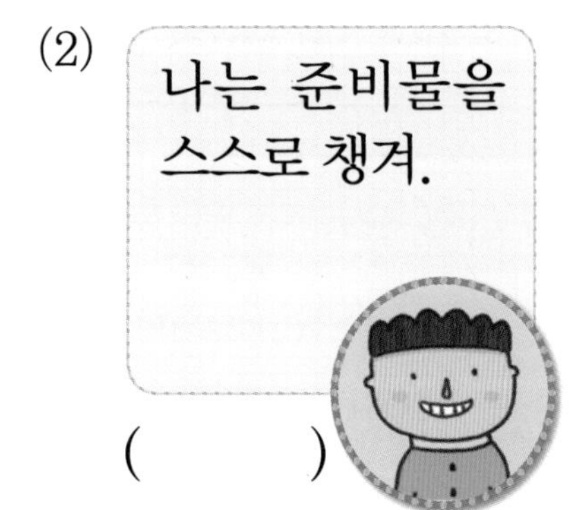

(　　　　)

(3)

(　　　　)

논술 **3. 누나는 아인이를 '마음 넓은 왕자님'이라고 말했습니다. 왜 그렇게 말했을지 써 보세요.**

형은 아인이의 손을 잡고 *횡단보도를 건너게 해 준 뒤
자기 학교로 후다닥 뛰어가 버립니다.
혼자 터덜터덜 운동장을 걷는 아인이 눈에
노란 리본을 묶은 귀여운 여자아이가 보입니다.
학교 현관에서 신발을 실내화로 갈아 신은 여자아이는
신발을 *가지런히 모아 신발주머니에 넣습니다.
아인이는 여자아이가 한 것처럼 똑같이 따라 합니다.
하지만 신발을 가지런히 모아 신발주머니 속에 넣는 것은
좀처럼 쉬운 일이 아닙니다.
여자아이를 놓칠까 봐 서두르던 아인이는
그만 다리가 꼬여 복도에 꽈당 넘어지고 맙니다.
얼음처럼 굳어 버린 아인이는 그대로 엎드려 있습니다.
누군가 일으켜 주기를 기다리고 있는 것이지요.

* **횡난보도**: 사람이 건너다닐 수 있도록 도로 표지를 두어 차도 위에 만든 길.
* **가지런히**: 여럿이 층이 나지 않고 고르게.

사회 탐구 1. 다음 중 횡단보도를 건널 때 어떻게 해야 하는지 바르게 나타낸 그림을 찾아 ○표 하세요.

(1)

( )

(2)

( )

과학 탐구 2. 아인이는 넘어져서 얼음처럼 굳어 버렸습니다. '굳는다'와 관계 있는 그림은 어느 것인가요? ( )

①

②

③

논술 3. 학교 운동장에 있는 놀이 기구 중에서 여러분이 가장 재미있다고 생각하는 것과 그렇게 생각한 까닭을 보기 처럼 써 보세요.

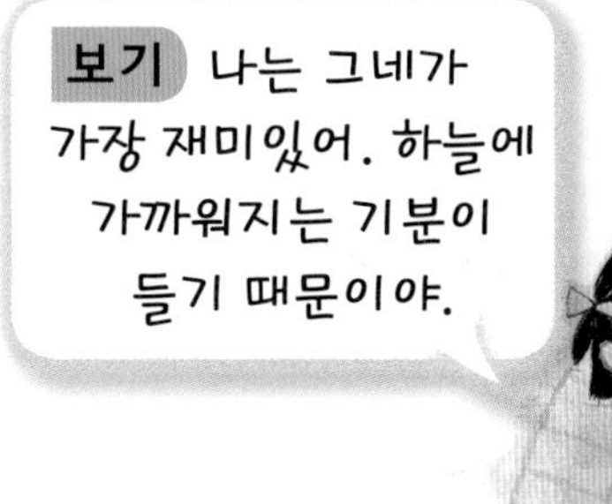

그때 여자아이의 목소리가 들려옵니다.

“스스로 일어나야지. 이제 초등학생이잖아.”

아인이 얼굴이 갑자기 홍당무처럼 빨개집니다.

아인이는 [*]용수철처럼 벌떡 튀어 올라 일어납니다.

왠지 모르게 얼굴이 화끈거려 교실로 후다닥 뛰어갑니다.

같은 반에 나란히 앉아 짝이 된 여자아이 이름은 한송이입니다.

선생님이 공책에 짝의 이름을 써 보라고 합니다.

필통 뚜껑을 연 아인이는 깜짝 놀랍니다.

연필이 몽땅 부러져 있었거든요.

아인이와 눈이 마주친 선생님이 말합니다.

“교실 뒤쪽에 연필깎이가 있어요. 가서 깎고 오세요.”

* **용수철**: 늘이고 줄이는 것이 쉬운 둥그런 모양의 쇠줄.

과학 탐구 1. 넘어졌던 아인이는 용수철처럼 일어났습니다. 다음 중 용수철의 특징이 아닌 것은 어느 것인가요? (   )

① 잘 눌러집니다.
② 잘 튀어 오릅니다.
③ 넘어지면 일어납니다.

사회 탐구 2. 선생님은 반 아이들에게 짝의 이름을 쓰라고 하였습니다. 보기 에서 글씨를 쓸 때 필요한 것 두 가지를 찾아 쓰세요.

보기 공책 우유 연필 실내화

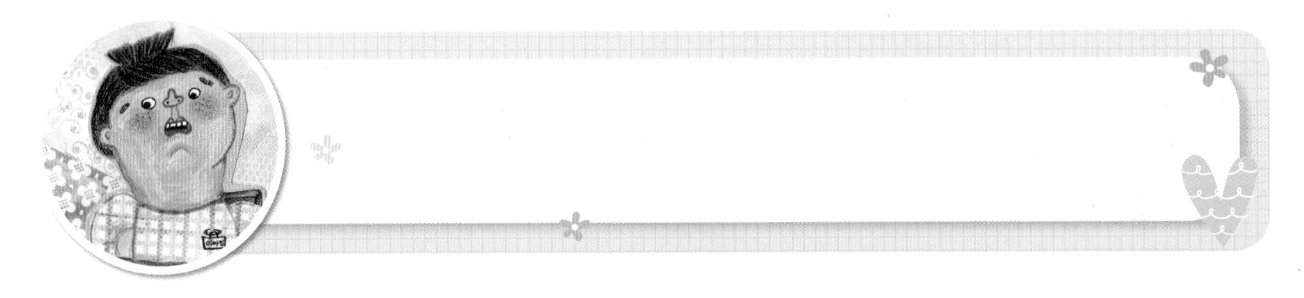

논술 3. 아인이의 연필은 모두 부러져 있었습니다. 부러진 연필들이 무슨 말을 하고 있을지 상상하여 보기 와 같이 써 보세요.

아인이는 연필깎이 앞에 가만히 서 있습니다.
연필을 어떻게 깎는지 모르기 때문입니다.
선생님은 *우두커니 서 있는 아인이를 자리로 보내며 말합니다.
"자, 오늘은 스스로 할 수 있는 일을 써 보기로 해요."
아이들은 공책에 혼자 할 수 있는 것들을 써 내려갑니다.
하지만 아인이는 송이가 빌려준 연필을 들고
형이 지어 준 별명인 콩자루처럼 가만히 앉아 있습니다.
앞에 앉은 민수가 아인이의 깨끗한 공책을 보고 물어봅니다.
"넌 혼자 할 줄 아는 게 하나도 없니?"
아인이는 자기도 모르게 *버럭 소리를 지르고 맙니다.
"아니야, 나도 혼자 다 할 줄 알아!"
아인이는 공책에 글자를 마구 흘려 씁니다.

* **우두커니**: 가만히 한자리에 서 있거나 앉아 있는 모양.
* **버럭**: 성이 나서 갑자기 기를 쓰거나 소리를 냅다 지르는 모양.

1주 2일
학습 끝!

붙임 딱지 붙여요.

과학 탐구 **1. 아인이는 연필깎이로 연필을 깎지 못했습니다. 다음은 무엇을 나타낸 것인지 보기 와 같이 빈칸에 들어갈 알맞은 낱말을 쓰세요.**

보기

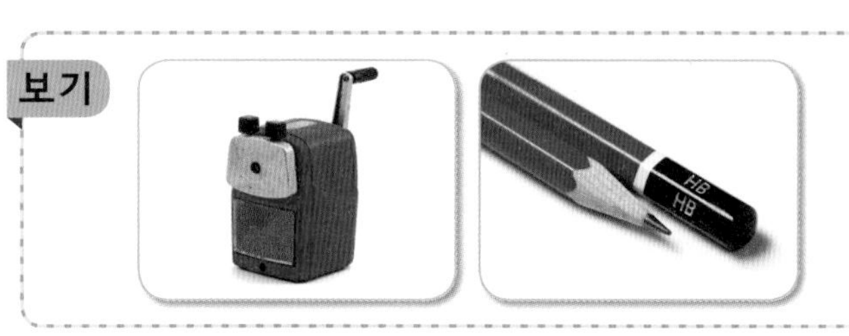

| 연 | 필 | 을 깎았습니다.

(1)

□ 을(를) 구웠습니다.

(2)

□ 을(를) 지었습니다.

언어 **2. 아인이는 민수에게 버럭 소리를 질렀습니다. 다음 중 '버럭'을 바르게 사용한 문장에 ○표 하세요.**

(1) 혁주는 반가워서 버럭 달려갔습니다. (　　　)

(2) 영미는 동생이 공책을 찢자 버럭 화를 냈습니다. (　　　)

논술 **3. 아인이는 스스로 할 수 있는 일을 쉽게 쓰지 못했습니다. 여러분이 스스로 할 수 있는 일은 무엇이 있는지 써 보세요.**

이 닦기, 세수하기, 운동화 끈 묶기…….

민수가 빙그레 웃으며 아인이에게 *나지막이 속삭입니다.

"거짓말하면 피노키오처럼 코가 길어진다는 거 아니?"

아인이는 가슴이 뜨끔합니다.

갑자기 코끝이 간질간질한 것 같습니다.

선생님에게 공책을 내고 돌아서는 발걸음이 무겁습니다.

집으로 돌아오는 내내 아인이는 눈물이 나올 것 같습니다.

"피, 지금부터 다 내가 스스로 하면 되지, 뭐."

터덜터덜 집에 돌아온 아인이는 이상하게 힘이 하나도 없습니다.

그래서 할머니가 떠 주는 밥을 받아먹고,

누나가 입에 넣어 주는 과일을 날름날름 받아먹습니다.

옆에서 형이 아인이를 바보 콩자루 보듯 쳐다봅니다.

* **나지막이**: 위치나 소리가 꽤 작거나 낮게.

언어 1. 아인이는 피노키오처럼 될까 봐 걱정이 되었습니다. 아인이가 간질간질했던 곳은 어디인지 아인이 얼굴에서 찾아 ○표 하세요.

언어 2. 학교에서 집으로 돌아오는 아인이의 모습은 어떠하였나요? (　　)

① 터덜터덜 힘이 없었습니다.
② 신나서 팔짝팔짝 뛰었습니다.
③ 친구와 다정하게 어깨동무를 하였습니다.

논술 3. 아인이의 코가 정말 피노키오 코처럼 길어졌다면 그 까닭이 무엇일지 써 보세요.

(이)라고
거짓말을 해서 코가 길어졌어.

부러진 연필을 아빠가 깎아 줍니다.
아인이는 아빠가 연필 깎는 것을 꼼꼼히 지켜봅니다.
아빠가 칼을 대기만 해도 껍질이 가지런히 줄지어
벗겨져 나오는 것을 보니 요술처럼 신기하기만 합니다.
"저도 연필 깎는 거 가르쳐 주세요, 아빠."
"우리 곰곰이는 몰라도 돼. 아빠가 매일 깎아 줄 거니까."
아인이는 가느다란 한숨*을 내쉽니다.
식구들이 무엇이든 대신 해 주는 게 편하기는 하지만
왠지 자꾸 걱정이 되기도 합니다.
아인이는 민수의 말이 떠올라 거울을 보며 코를 만져 봅니다.
아무렇지도 않습니다.
조금은 안심이 되지만 마음 한구석은 찜찜*합니다.

* **한숨**: 걱정하거나 슬플 때 크고 길게 몰아서 내쉬는 숨.
* **찜찜하다**: 마음에 거리끼어 언짢다.

언어 1. 아빠는 아인이의 연필을 깎아 주었습니다. 껍질이 어떻게 벗겨져 나왔을지 찾아 ○표 하세요.

(1)

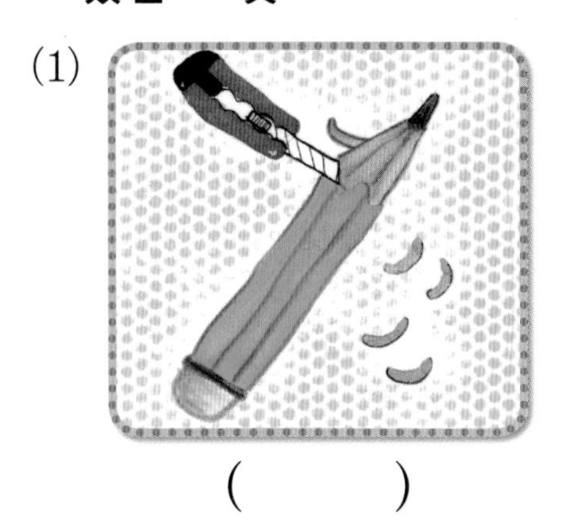

( )

(2)

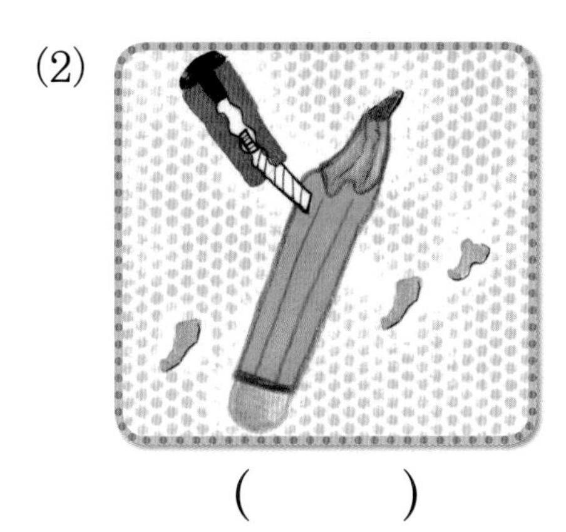

( )

언어 2. 아인이가 한숨을 내쉰 까닭은 무엇인가요? ( )

① 식구들이 자신이 할 일을 대신 해 주는 것이 편해서

② 식구들이 자신이 할 일을 대신 해 주는 것이 고마워서

③ 식구들이 자신이 할 일을 대신 해 주는 것이 걱정이 되어서

논술 3. 아인이는 아빠가 연필을 깎는 모습이 요술처럼 신기했습니다. 여러분이 본 모습 중에서 요술처럼 신기하게 느껴진 일은 무엇이 있는지 보기 와 같이 써 보세요.

보기 엄마가 맛있는 요리를 척척 만드시는 모습이 요술처럼 신기했습니다.

누나가 알림장을 보고 가방을 챙겨 주며 묻습니다.

"우리 귀염둥이 왕자님, 오늘 학교에서 어땠어?"

아인이가 누나에게 되묻습니다.

"초등학생은 뭐든지 스스로 해야 하는 거야?"

"스스로 하면 좋겠지. 그건 왜 묻는 건데?"

아인이는 입술을 *뾰로통하게 내밉니다.

"그럼 난 왜 우리 가족들이 다 해 주는 건데?"

누나가 귀엽다는 듯 아인이의 볼을 살짝 꼬집으며 대답합니다.

"그야, 우리 집 막둥이에다 귀염둥이 왕자님이니까."

누나가 나가고 아인이는 잠자리에 누워 생각합니다.

'민수 말은 거짓말일 거야. 피노키오는 그냥 이야기책이잖아.'

스르르 눈이 감긴 아인이는 자기 콧등에 모기가 날아와 앉는 것도 모르고 잠에 빠져듭니다.

* **뾰로통하다**: 못마땅하여 얼굴에 화가 난 빛이 나타나 있다.

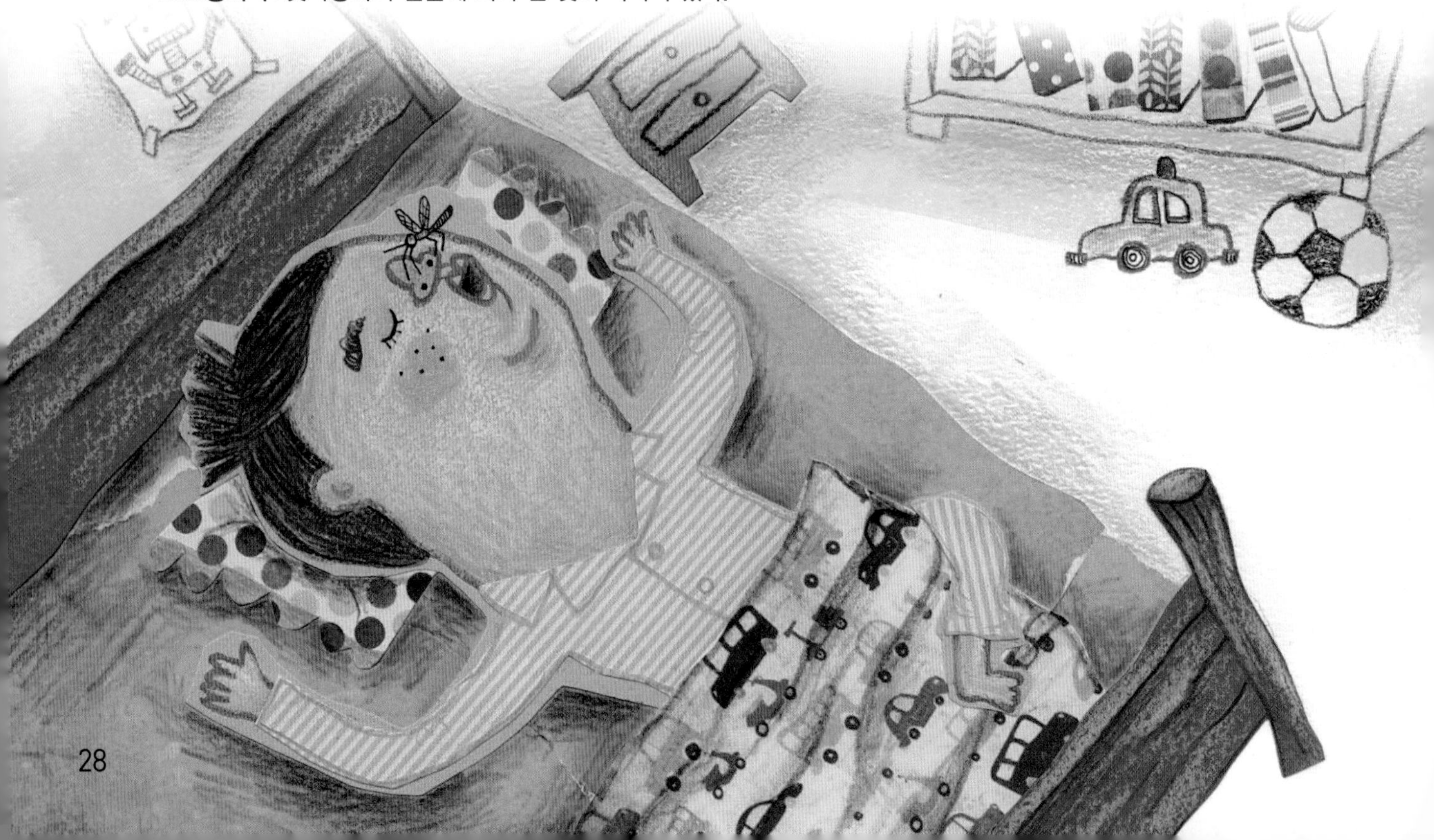

사회 탐구 1. 누나가 알림장을 보고 가방을 챙겨 주었습니다. 알림장에는 무엇을 적어야 하나요? (   )

① 준비물과 숙제를 적습니다.

② 오늘 있었던 일을 솔직하게 적습니다.

③ 책을 읽고 난 생각이나 느낌을 적습니다.

과학 탐구 2. 아인이의 콧등에 모기가 날아와 앉았습니다. 다음 중에서 모기를 찾아 ○표 하세요.

(1) 

(   )

(2) 

(   )

(3) 

(   )

논술 3. 아인이의 가족들은 아인이가 스스로 할 일을 다 해 주었습니다. 여러분의 가족이 여러분이 혼자 하도록 두지 않는 일은 무엇이 있는지 보기 처럼 써 보세요.

보기 라면 끓이기

다음 날 아침, 엄마가 깨우는 소리가 들려옵니다.

"막둥아, 일어나야지. 학교 늦겠다."

잠자리에서 일어난 아인이는 거울에 비친 자기 얼굴을 보고

깜짝 놀랍니다.

"코……, 코가 커졌다!"

빨갛게 부풀어 오른 코를 보는 아인이의 두 눈은 왕사탕만 합니다.

민수가 한 말이 참말인가 봅니다.

아빠가 들어와 아인이의 팔을 잡고 욕실로 갑니다.

"우리 곰곰이 늦겠다, 아빠랑 씻자."

아인이는 아빠 손을 뿌리치고 소리칩니다.

"이제 그만! 나도 혼자 할 수 있다고요!"

언어 **1. 자고 일어난 아인이의 코가 거짓말처럼 부풀어 올랐습니다. 이 글에서 '거짓말'과 뜻이 반대되는 낱말을 찾아 쓰세요.**

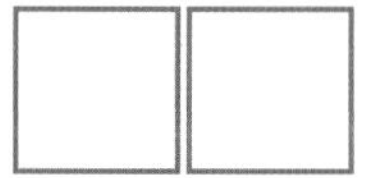

사회 탐구 **2. 아빠는 아인이를 데리고 욕실로 갔습니다. 다음 중 욕실에서 하기에 알맞지 <u>않은</u> 일에 ◯표 하세요.**

(1) 

( )

(2) 

( )

(3) 

( )

논술 **3. 코를 보고 놀란 아인이의 눈이 왕사탕처럼 커졌습니다. 보기 의 밑줄 친 '왕사탕'과 바꾸어 쓸 수 있는 말을 생각하여 써 보세요.**

보기

놀란 아인이의 눈이 <u>왕사탕</u>처럼 커졌습니다.

놀란 아인이의 눈이 ____________처럼 커졌습니다.

1주 04

아인이는 혼자 욕실로 가서 혼자 세수를 하고,
혼자 이를 닦습니다.
할머니가 반찬을 집어 주는 것도 싫다며 고개를 젓습니다.
스스로 하는 아인이를 지켜보는 가족들은
불안불안, 아슬아슬한 마음입니다.
하지만 형은 빙그레 웃으며 이야기합니다.
"우아, 오늘은 콩자루가 진짜 멋진 왕자님처럼 보이네."
가족들은 얼굴 가득 미소를 지으며 아인이를 봅니다.
*서툴지만 혼자서 하는 것을 보면서 *기특해합니다.

아인이는 어깨에 잔뜩 힘을
주고 학교에 갑니다.
어깨에 멘 가방이 무겁기는
하지만 기분은 훨훨 날아갈 것
같습니다.

* **서툴다**: 어떤 일을 하는 것에 익숙하지 못하다.
* **기특하다**: 말이나 행동이 알맞게 잘하여 귀염성이 있다.

언어 **1. 학교에 갈 때 아인이는 왜 날아갈 것 같은 기분이었나요?**

( )

① 가방이 무거웠기 때문에
② 자기가 할 일을 스스로 했기 때문에
③ 민수의 말이 거짓말인 것을 알았기 때문에

논술 **2. 보기 의 밑줄 친 말과 같이 빈칸에 모양을 흉내 내는 말을 넣어 짧은 글을 완성해 보세요.**

보기 형은 <u>빙그레</u> 웃으며 이야기합니다.

(1) 거북이가 ________ 기어갑니다.

(2) 나는 학교에 ________ 뛰어갑니다.

논술 **3. 자신이 할 일을 처음으로 혼자서 해낸 아인이에게 어떤 말을 해 주고 싶나요? 아인이에게 하고 싶은 말을 쪽지에 써 보세요.**

동인이 형이 물어봅니다.

"횡단보도도 혼자 건너가 볼래?"

아인이는 형을 빤히 쳐다봅니다.

신호등이 초록색 불일 때 손을 높이 들고 좌우를 살핀 뒤 건너야 한다고

배운 게 생각났지만 아인이는 자신이 없습니다.

힘없이 고개를 떨어뜨리던 아인이는

빨갛게 부풀어 오른 제 코를 봤습니다.

아인이는 주먹을 불끈 쥐며 형에게 손을 흔들어 보입니다.

혼자 척척 걸어가 횡단보도 앞에 서서 곰곰 생각합니다.

'아이들이 내 코를 보고 피노키오라고 놀리면 어쩌지?

모기에 물린 거라고 하면 안 될까?'

어느새 신호등이 초록색 불로 바뀌었습니다.

아인이는 손을 번쩍 들고 천천히 앞으로 발을 내딛습니다.

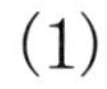

1. 교통 규칙과 교통 표지판을 잘 알면 학교 안팎에서 안전한 생활을 할 수 있습니다. 다음 교통 표지판이 뜻하는 것은 무엇인지 찾아 줄로 이어 보세요.

붙임 딱지 붙여요.

(1) 

(2) 

(3) 

㉠ 지나가면 위험하므로 조심해야 한다는 표지입니다.

㉡ 어린이를 보호해야 하는 구역임을 알리는 표지입니다.

㉢ 걸어서 다니는 사람이 횡단보도로 도로를 건널 수 있다는 표지입니다.

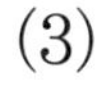

2. 아인이는 혼자서 횡단보도를 건넜습니다. 아인이는 그 뒤에 어떻게 되었을지 이어질 이야기를 상상하여 써 보세요.

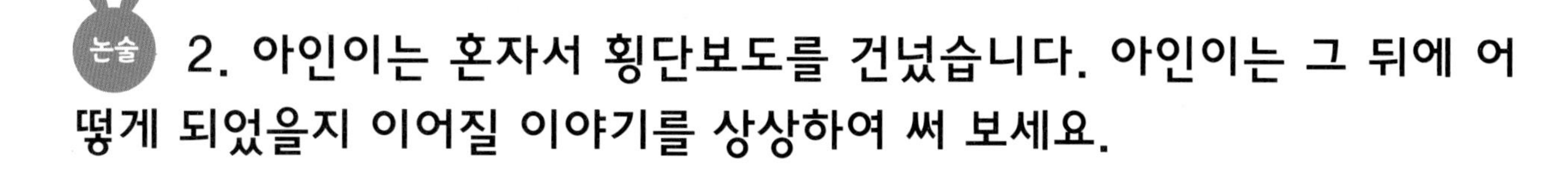

되돌아봐요

1 다음 중 '내가 해 볼래요!'에 등장하는 주인공의 가족이 아닌 사람을 찾아 ○표 하세요.

2 '내가 해 볼래요!'에서 가족들은 아인이를 어떻게 도와주었나요? 줄로 이어 보세요.

(1) 

(2) 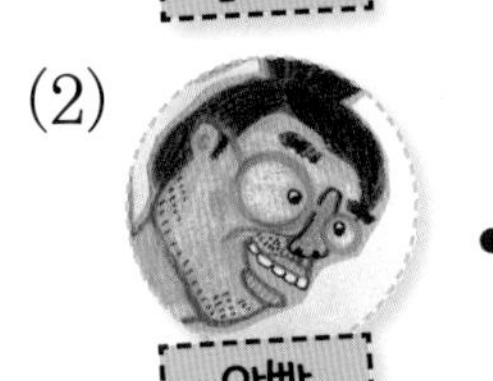

(3) 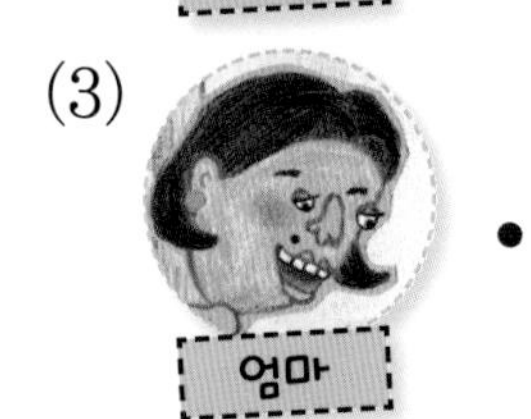

(4) 

(5) 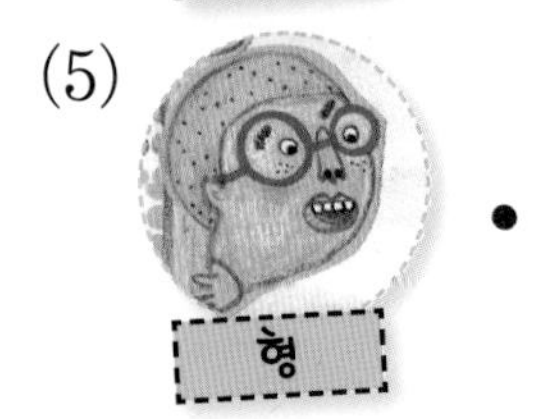

㉠ 아인이가 횡단보도를 건너게 해 주었습니다.

㉡ 아인이를 씻겨 주고 연필을 깎아 주었습니다.

㉢ 아인이가 학교에 늦지 않도록 깨워 주었습니다.

㉣ 아인이의 숟가락 위에 반찬을 얹어 주었습니다.

㉤ 아인이의 옷을 입히고 가방을 챙겨 주었습니다.

3 '내가 해 볼래요!'를 읽고, 다음 그림들을 일이 일어난 순서대로 번호를 써 보세요.

(1) 

(2) 

(3) 

(4) 

(5) 

(6) 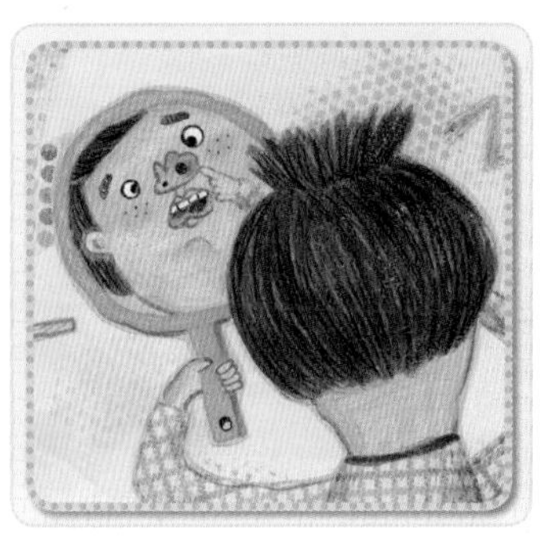

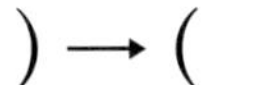

(　　) → (　　) → (　　) → (　　) → (　　) → (　　)

4 '내가 해 볼래요!'의 이야기를 스스로 잘하게 된 아인이의 모습을 담아 새롭게 써 보려고 합니다. 보기 처럼 이야기의 제목을 새롭게 짓고, 그렇게 지은 까닭도 써 보세요.

보기
(1) 제목: 연필 깎기의 달인 아인이
(2) 그렇게 지은 까닭: 아인이가 스스로 연필을 잘 깎게 되어서

(1) 제목: ……………………

(2) 그렇게 지은 까닭: ……………………

……………………

스스로 할 수 있는 일을 살펴보아요

여러분은 어떤 일을 스스로 할 수 있나요?
작은 일부터 하나씩 스스로 하는 습관을 갖는 것이 중요해요. 혼자 힘으로 할 수 있는 일들은 무엇이 있을지 살펴보아요.

혼자서도 일찍 일어나요

일찍 자면 혼자서도 일찍 일어날 수 있어요. 자명종으로 일어날 시각을 맞추어 놓으면 혼자 힘으로 일찍 일어날 수 있지요. 스스로 일어나서 이부자리도 깔끔히 정리해 보아요.

깨끗하게 싹싹 잘 씻어요

세수를 할 때는 손, 얼굴, 목, 귀 뒤까지 꼼꼼하게 닦아요. 놀고 난 후에는 꼭 손과 발을 씻고, 음식을 먹기 전과 화장실에 다녀온 뒤에는 항상 손을 씻는 습관을 가져요.

혼자서도 입을 수 있어요

옷의 앞과 뒤를 살펴 입고, 단추는 단춧구멍의 순서에 맞게 차근차근 채워요. 양말은 색과 모양을 보고 왼쪽과 오른쪽 짝이 잘 맞는지 살피며 신어요.

자기 방을 스스로 정리해요

내 방에 있는 내 물건을 보기 좋게, 찾기 좋게 정리 정돈해요. 책은 책꽂이에 가지런히 꽂고, 장난감은 종류에 따라 바구니나 상자에 나누어 담아요.

미리미리 숙제를 잘해요

선생님이 칠판에 적어 주시는 대로 알림장을 잘 써요. 그래야 숙제와 준비물이 무엇인지 정확하게 알 수 있어요. 집에 오면 깨끗이 씻고 숙제부터 해요.

학교에서 돌아오면 알림장을 보며 준비물을 꼼꼼하게 챙겨요. 준비물을 가방에 넣을 때에는 무엇을 어디에 넣을지 정해요. 가방 안주머니도 활용하고, 작은 물건은 정리 주머니에 넣어요.

여러분이 스스로 잘하는 일과 잘하지 못하는 일은 무엇이 있는지 써 보고, 앞으로 어떻게 할지 생각해 보세요.

(1) 스스로 잘하는 일	(2) 스스로 잘하지 못하는 일

1주 05

내가 할래요

책상 서랍을 정리해 보아요!

여러분이 자주 사용하는 책상 서랍에는 여러 가지 물건들이 많아요. 그런데 연필, 지우개, 칼, 자, 가위, 색종이 등이 섞여 있으면 보기에도 좋지 않고 쓰기도 불편하지요. 간단한 문구와 재활용품을 이용하여 서랍 안을 깔끔하게 정리해 보아요.

준비물: 딱딱한 종이(우유갑 또는 골판지), 가위, 풀, 스테이플러, 종이컵

1

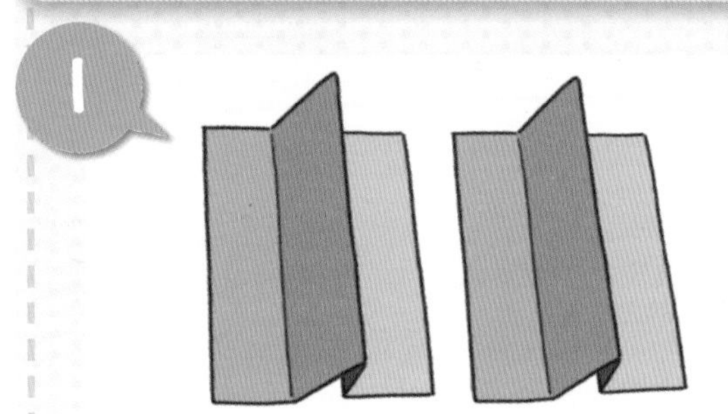

딱딱한 종이를 서랍에 맞는 적당한 길이로 잘라요. 그리고 그림처럼 가운데를 접은 뒤, 양옆을 나누어 접어요.

2

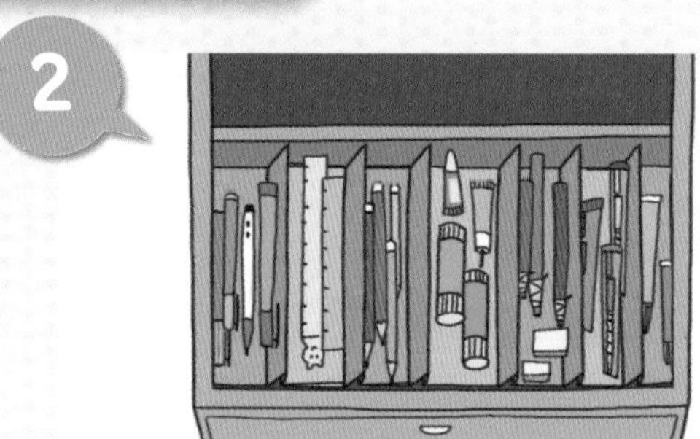

❶에서 접은 종이의 겹쳐지는 가운데 부분을 풀이나 스테이플러로 고정하고, 서랍에 넣어요.

3

서랍 속 물건들을 종류에 따라 나누어요. 딱딱한 종이로 칸을 나눈 곳에는 길쭉한 것들을 넣고, 종이컵을 이용하여 동그란 것은 동그란 것끼리, 납작한 것은 납작한 것끼리 나누어 정리해요.

어때요?
보기 좋고 찾기 좋게
정리되었죠?

확인할 내용	잘함	보통임	부족함
1. 이번 주 학습을 5일(월요일~금요일) 안에 끝마쳤나요?			
2. 글을 읽고 누가 무엇을 하였는지 잘 이해하였나요?			
3. 학교와 집에서 내가 스스로 할 일을 잘 알고 있나요?			
4. 내가 할 일을 스스로 잘할 수 있나요?			

여러분이 스스로 정리한 책상 서랍 속을 그림으로 그려 보세요.

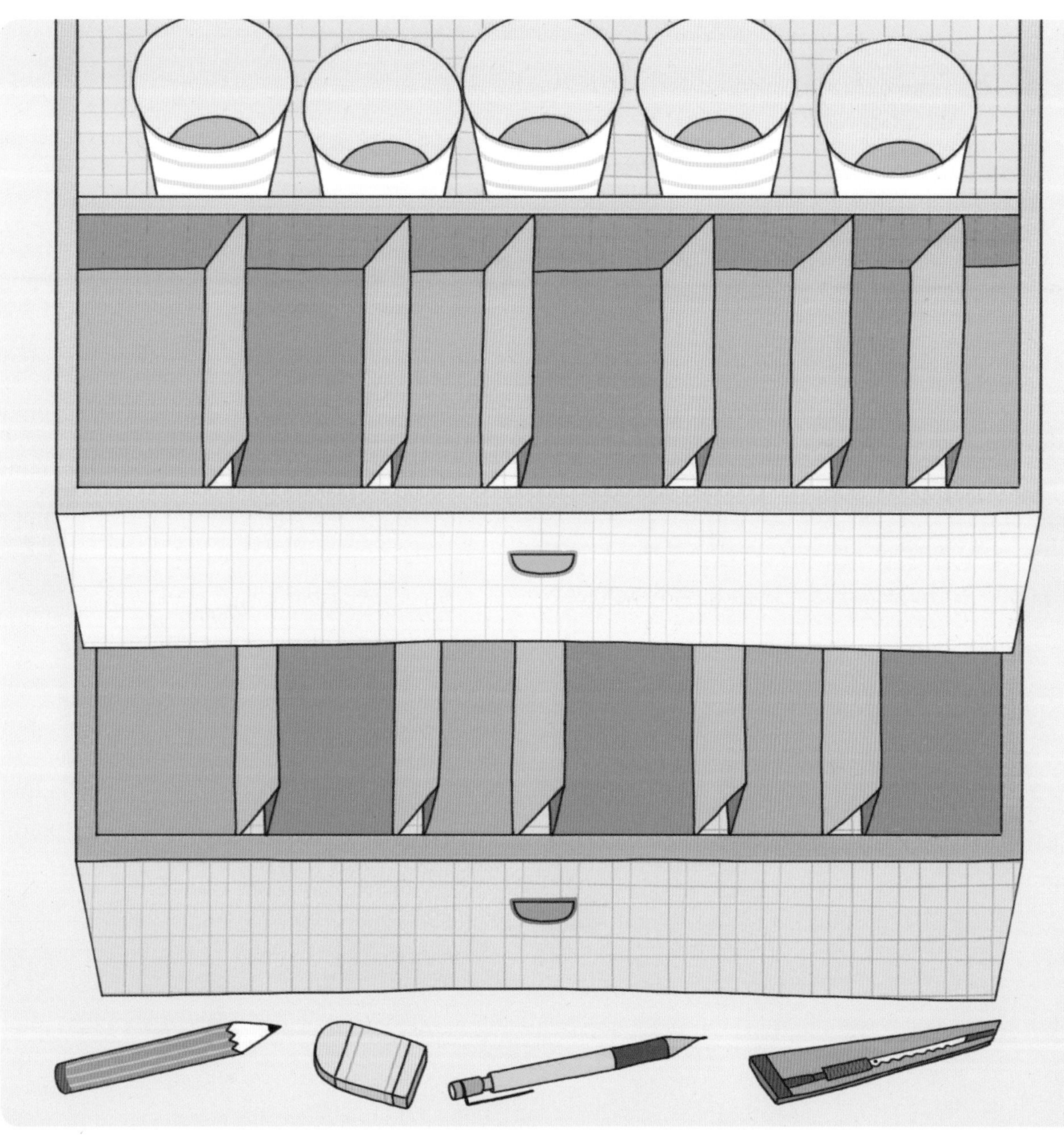

붙임 딱지 붙여요.

탈무드로 알아보는 스스로 하는 힘

생각톡톡 "탈무드"는 유대인들의 율법과 사상 등이 담겨 있는 지혜의 책입니다. 우리나라 옛사람들의 지혜가 담겨 있는 책은 무엇이 있는지 써 보세요.

관련교과 **[국어 2–2]** 시나 이야기를 읽고 생각이나 느낌 말하기 / **[국어 3–2]** 인물에 집중하여 글 읽기 / 글쓴이의 생각 알기
[수학 1–2] 9 이하 수의 덧셈과 뺄셈 알기

2주

01 왕이 된 노예

옛날 어느 마을에 부지런히 일하는 노예가 있었습니다.
노예는 게으름을 부리지 않고 날마다 열심히 일했지요.
노예의 주인은 마음씨 착한 부자였습니다.
부자는 성실하게 일한 노예에게 상을 내리고 싶었습니다.
그래서 노예에게 자유를 주기로 했지요.
"이제 너는 자유다. 어디든 좋은 곳에 가서 행복하게 살아라."
부자는 노예를 자유로운 *신분으로 만들어 주고, 그동안 열심히 일한 대가로 재물도 넉넉히 주었습니다.
노예는 부자에게 받은 재물을 배에 싣고 *항해를 떠났어요.
마음속은 기쁨과 희망으로 가득 차 있었지요.
"그래, 좋은 곳에 가서 정말 잘 살아야지."

※ **신분**: 개인의 사회적인 위치나 계급.
※ **항해**: 배를 타고 바다 위를 다님.

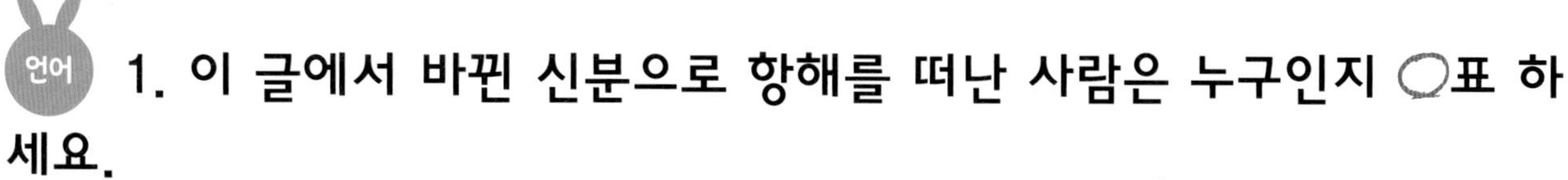

언어 1. 이 글에서 바뀐 신분으로 항해를 떠난 사람은 누구인지 ○표 하세요.

(1) 부자 (　　　)

(2) 노예 (　　　)

언어 2. 다음 보기 에서 노예와 노예가 아닌 사람을 구별하는 기준이 되는 낱말을 찾아 쓰세요.

보기 성실　　희망　　자유　　부자

□□

논술 3. 보기 는 노예가 자유를 얻어 기쁨과 희망을 안고 항해를 떠날 때 한 말입니다. 노예의 마음이 잘 드러나는 다른 말로 바꾸어 써 보세요.

보기 "그래, 좋은 곳에 가서 정말 잘 살아야지."

....

....

노예가 탄 배는 넓은 바다를 항해하고 있었어요.
노예는 마치 세상의 모든 것을 다 가진 기분이었지요.
그러던 어느 날, 바다 한가운데에서 큰 *폭풍우를 만났어요.
우르릉 쾅! 철썩철썩!
배는 거센 파도와 비바람을 이기지 못하고 물속으로 가라앉았어요.
노예는 죽을힘을 다해 헤엄쳤어요. 다행히 배에서 떨어져 나온
널빤지에 매달려 겨우 목숨을 구할 수 있었지요.
바다 위를 떠다니던 노예는 간신히 작은 섬에 도착했어요.
하지만 폭풍우에 모든 것을 잃고 *빈털터리가 되었지요.
"이제 나에게 남은 것은 아무것도 없어."

* **폭풍우**: 몹시 세찬 바람이 불면서 쏟아지는 큰비.
* **빈털터리**: 재산을 다 없애고 아무것도 가진 것이 없는 가난뱅이가 된 사람.

과학탐구 1. 바다 한가운데에서 폭풍우를 만난 배는 거센 파도와 비바람을 이기지 못하고 가라앉았습니다. 다음 중 폭풍우로 인해 볼 수 있는 모습이 아닌 것에 ○표 하세요.

(1) ( )

(2) ( )

(3) ( )

언어 2. 이 글에서 바다에 빠진 노예가 무엇에 매달려 목숨을 구했는지 그림을 보고 써 보세요.

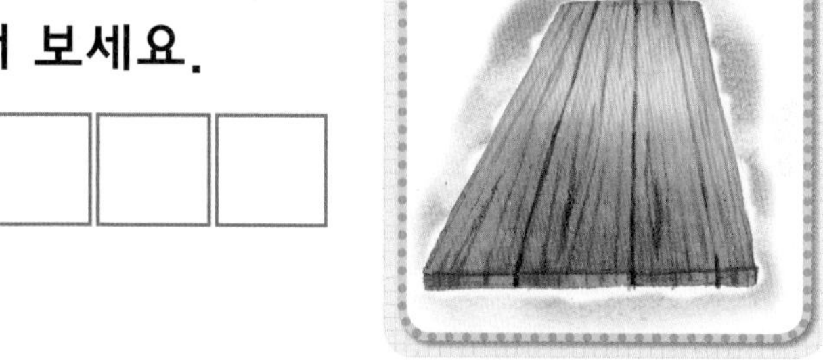

논술 3. 폭풍우를 만난 노예는 빈털터리가 되었습니다. 보기 와 같이 '빈털터리'라는 낱말을 넣어 짧은 글을 지어 보세요.

보기 부자는 재물을 모두 잃고 빈털터리가 되었습니다.

노예는 먹을 것을 찾기 위해 섬을 돌아다녔어요.
그러다 섬에 사는 이들을 만나게 되었지요.
노예를 본 섬사람들은 왕이 나타났다며 무척 기뻐했어요.
"왕이다! 왕이 오셨어!"
노예는 *어리둥절했어요.
"왕이라니요? 나는 빈털터리일 뿐입니다."
섬사람들은 목소리를 낮추어 말했어요.
"사실 우리는 산 사람이 아니라 *영혼입니다."
"이 섬에서는 1년에 한 번씩 살아 있는 사람을 왕으로 맞이합니다.
그 사람은 1년 동안 이 섬을 다스리는 왕이 되지요."
"하지만 1년 뒤에는 아무것도 없는 죽음의 섬으로 쫓겨나게 됩니다."

* **어리둥절하다**: 무슨 영문인지 잘 몰라서 얼떨떨하다.
* **영혼**: 죽은 사람의 넋.

언어 1. 섬사람들이 노예를 보고 기뻐한 까닭은 무엇일까요? 빈칸에 노예를 만난 섬사람의 말을 자유롭게 써 보세요.

어?
왜 이러세요?

2주 1일 학습 끝!

붙임 딱지 붙여요.

언어 2. 섬사람들이 노예에게 얘기한 것과 다른 말을 한 사람은 누구인가요? (   )

① 우리는 산 사람이 아니라 영혼입니다.

② 1년에 한 번씩 새로운 영혼이 왕이 됩니다.

③ 왕은 1년 뒤에 죽음의 섬으로 쫓겨나게 됩니다.

논술 3. '아무것도 없는 죽음의 섬'은 어떤 모습일까요? 여러분이 상상하여 보기 와 같이 그 모습을 표현해 보세요.

보기 아무것도 살지 않아 쓸쓸하고 조용할 것입니다.

노예는 섬사람들의 말대로 왕이 되었어요.

왕이 된 노예는 하루 종일 일도 하지 않고, 남이 만들어 준 것을 먹고, 편하게 잘 수 있었어요. 하지만 1년 뒤에 '죽음의 섬'으로 쫓겨난다고 생각하면 입맛도 없고, 잠도 오지 않았어요.

"이대로 가만히 있을 수는 없어!"

노예는 스스로 무언가 하지 않으면 안 되겠다고 생각했어요.

그래서 혼자 배를 타고 '죽음의 섬'을 찾아갔답니다.

섬에는 모래바람만 불 뿐, 생명이 있는 것을 찾을 수 없었어요.

노예는 아무것도 없는 섬에 꽃과 과일나무를 심고, 논과 밭을 일구어* 곡식을 심었어요. 오랜만에 땀 흘려 일하니 몸은 힘들어도 마음은 뿌듯했어요.

* **일구다**: 논밭을 만들기 위하여 땅을 파서 일으키다.

사회탐구 1. 왕이 된 노예는 편안한 생활을 했습니다. 다음 중 왕의 생활 모습이 아닌 것은 어느 것인가요? (　　　)

① 
② 
③ 

언어 2. 노예가 죽음의 섬에서 어떤 일을 하였는지 알 수 있도록 알맞게 줄로 이으세요.

(1) 논과 밭을 •　　　　• ㉠ 심다.

(2) 꽃과 나무를 •　　　　• ㉡ 일구다.

논술 3. 노예는 왕으로 살다가 1년 뒤 죽음의 섬으로 가야 하는 자신의 처지가 불안해서 보기 와 같은 일을 하였습니다. 여러분이 만약 노예와 같은 처지라면 어떻게 했을지 빈칸에 써 보세요.

보기 노예는 죽음의 섬에 꽃과 과일나무를 심고, 논과 밭을 일구었습니다.

➜ 내가 만약 1년 뒤 죽음의 섬으로 가야 한다면,

나는 ______________________________

시간이 흘러, 마침내 노예가 처음 섬에 왔던 계절이 되었습니다.
노예가 왕이 된 지도 *어느새 1년이 지난 것이지요.
섬사람들이 노예를 찾아와 말했어요.
"1년이 지났습니다."
"알고 있습니다. 시간이 참 빠르군요."
노예는 침착하게 말했습니다.
섬사람 중 한 사람이 *단호한 목소리로 말했습니다.
"당신도 다른 왕들이 그랬던 것처럼 죽음의 섬으로 떠나야 합니다."
"알겠습니다. 그동안 고마웠습니다."
노예는 왕관을 벗고 '죽음의 섬'을 향해 떠났습니다.
1년 전 섬에 왔을 때처럼 다시 빈털터리인 채로 말입니다.

* **어느새**: 어느 틈에 벌써.
* **단호하다**: 결심이나 태도, 입장 등이 매우 엄하고 철저하다.

과학 탐구 1. 노예가 왕이 된 지 1년이 지났습니다. 다음 중 1년이라는 시간에 대해 잘못 말한 사람은 누구인가요? (   )

① 우리나라는 1년 동안 계절이 네 번 바뀝니다.

② 1년은 열 달입니다.

③ 1년은 365일입니다.

언어 2. 다음 밑줄 친 '어느새'와 바꾸어 쓸 수 있는 말을 보기 에서 찾아 쓰세요.

보기
언제 어느 날 어느 틈에

노예가 왕이 된 지도 어느새 1년이 지났지요.

(   )

논술 3. 섬사람들은 보기 와 같이 말하며 노예에게 떠나라고 하였습니다. 여러분이 섬사람들의 입장이 되어 노예가 떠나야 하는 까닭을 설명해 보세요.

보기
"1년이 지났습니다. 그러니 당신도 다른 왕들이 그랬던 것처럼 '죽음의 섬'으로 떠나야 합니다."

➔ "1년이 지났습니다. 그러니 당신도 ______________________________
______________________________."

섬에서 쫓겨난 노예는 혼자 배를 타고
'죽음의 섬'으로 갔습니다.
하지만 그곳은 더 이상 '죽음의 섬'이 아니었지요.
아무것도 없는 *황량한 곳이 아니라,
예쁜 꽃이 피고, 과일나무들이 자라서 열매를 맺고 있었어요.
논과 밭의 곡식들도 무르익어 수확을 기다리고 있었고요.
"내가 심었던 꽃과 나무들이 잘 자랐구나."
왕이 된 노예는 시간을 *흥청망청 보내지 않고 1년 뒤를 열심히
준비했습니다. 그래서 '죽음의 섬'은 '살기 좋은 섬'이 되었습니다.
노예는 그 뒤로도 섬에서 부지런히 일하며 행복하게 살았답니다.

* **황량하다**: 거칠고 쓸쓸하다.
* **흥청망청**: 흥에 겨워 마음대로 즐기는 모양.

과학 탐구 1. 다음 중 1년 뒤 노예가 다시 찾은 '죽음의 섬'과 어울리지 않는 모습은 어느 것인가요? (   )

① 

② 

③ 

붙임 딱지 붙여요.

언어 2. 노예는 시간을 흥청망청 보내지 않고 1년 뒤를 준비했습니다. 다음 중 '흥청망청'이 잘못 쓰인 문장은 어느 것인가요? (   )

① 내 꿈을 향해 흥청망청 노력할 것입니다.

② 베짱이는 여름내 흥청망청 놀기만 했습니다.

③ 젊음을 흥청망청 낭비하는 것은 옳지 않습니다.

논술 3. '죽음의 섬'은 꽃과 나무가 자라는 '살기 좋은 섬'으로 바뀌었습니다. 여러분이 이 섬에 어울리는 새로운 이름을 지어 보세요.

되돌아봐요

1 '왕이 된 노예'를 읽고 이야기의 순서에 맞게 번호를 쓰세요.

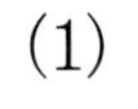

(1) 

노예는 빈털터리가 되었습니다.

(2) 

노예는 '죽음의 섬'을 가꾸었습니다.

(3) 

'죽음의 섬'은 '살기 좋은 섬'이 되었습니다.

(4) 

섬사람들은 노예를 보고 기뻐했습니다.

(5)

노예는 자유를 얻어 항해를 떠났습니다.

(6) 

노예는 '죽음의 섬'으로 쫓겨났습니다.

(　　) → (　　) → (　　) → (　　) → (　　) → (　　)

2 '왕이 된 노예'에서 등장인물들은 어떤 일을 하였나요? 보기 에서 알맞은 낱말을 찾아 빈칸을 채워 보세요.

보기

섬　　왕　　죽음　　빈털터리

(1) 

나는 폭풍우 때문에 ________ 이(가) 되었지만,
왕이 되어 ________ 의 섬을 살기 좋게 만들었지.

(2) 

우리는 우리 섬에 온 노예를 1년 동안 ________(으)로
모신 뒤에 죽음의 ________(으)로 쫓아 버렸어.

3 '왕이 된 노예'에서 노예가 스스로 한 일을 고르세요. (   )

① 섬사람들을 속였습니다.

② 
'죽음의 섬'을 가꾸었습니다.

③ 
섬에 와서 왕이 되었습니다.

④ 

주인에게 자유를 달라고 했습니다.

4 노예는 1년 뒤 죽음의 섬에서 살게 될 것에 대비해 미리 준비를 했습니다. 미래를 준비하는 노예의 태도를 칭찬하는 편지를 써 보세요.

2주

03 현명한 아들

한 *나그네가 여행 중에 큰 병에 걸렸습니다.

"아이고, 이런. 가족들도 없는 곳에서 눈을 감게 되다니……."

죽기 직전, 나그네는 여관 주인을 불러 *유언을 남겼어요.

"내가 죽거든 예루살렘에 사는 아들에게 나의 죽음을 알려 주시오.
단, 이 집이 어디인지 가르쳐 주지 말고 스스로 찾아오는지 지켜보시오."

나그네는 상자를 건네며 다시 말을 이었어요.

"내 아들이 스스로 이곳을 찾아오고 *현명한 행동을 세 번 했을 때,
이 상자를 전해 주시오. 반드시 현명한 행동을 세 번 해야 합니다."

"네, 알겠습니다."

유언을 마친 나그네는 그만 숨을 거두고 말았어요.

* **나그네**: 자기 고장을 떠나 다른 곳에 잠시 머물거나 떠도는 사람.
* **유언**: 죽음에 이르러 말을 남김. 또는 그 말.
* **현명하다**: 어질고 슬기로워 사리에 밝다.

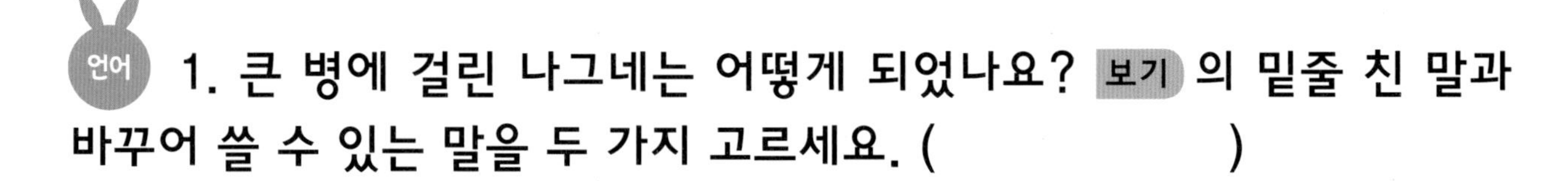

1. 큰 병에 걸린 나그네는 어떻게 되었나요? 보기 의 밑줄 친 말과 바꾸어 쓸 수 있는 말을 두 가지 고르세요. (　　　　　　　)

보기 나그네는 숨을 거두었습니다.

① 나그네는 숨을 참았습니다.
② 나그네는 숨을 몰아쉬었습니다.
③ 나그네는 하늘나라로 떠났습니다.
④ 나그네는 다시는 눈을 뜨지 못했습니다.

사회 탐구 **2. 나그네는 여행을 하고 있었습니다. '여행'이란 말을 듣고 떠오르는 물건이나 장소를 써 보세요.**

논술 **3. 나그네가 다음과 같은 말을 남긴 까닭은 무엇일까요? 여러분의 생각을 써 보세요.**

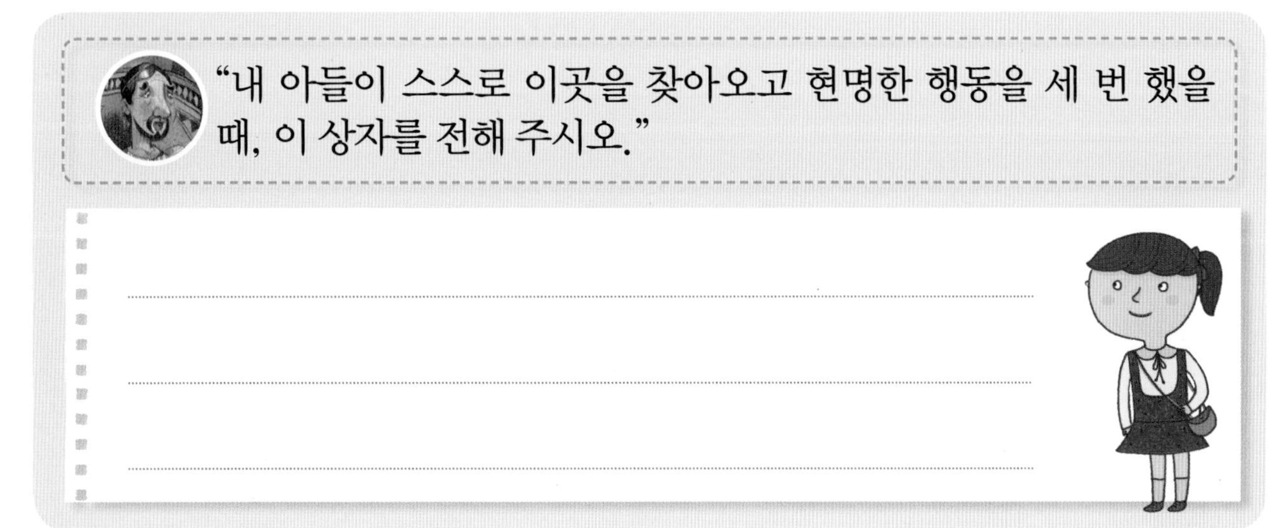

"내 아들이 스스로 이곳을 찾아오고 현명한 행동을 세 번 했을 때, 이 상자를 전해 주시오."

여관 주인은 나그네의 *장례를 정성스럽게 치러 주었습니다.
그리고 약속대로 나그네의 아들에게 아버지의 죽음을 알렸지요.
소식을 들은 아들은 크게 슬퍼했어요.
"아버지가 돌아가시다니! 아버지! 흑흑흑!"
하지만 계속 울고 있을 수만은 없었답니다.
돌아가신 아버지의 *시신을 찾아야 했으니까요.
"아버지를 어서 고향으로 모셔 와야겠어."
나그네의 아들은 아버지가 돌아가셨다는 마을을 찾아갔습니다.
하지만 마을 어귀에서 멈춰 설 수밖에 없었지요.
아버지가 돌아가신 집이 어디인지 모르기 때문이었어요.
"어느 집인지 알 수가 없군."

* **장례**: 죽은 사람을 떠나보내는 일, 땅에 묻거나 화장하는 일.
* **시신**: 죽은 사람의 몸.

사회 탐구 1. 여관 주인은 나그네의 장례를 치러 주었습니다. 다음 중 우리나라의 장례식 모습과 관련 있는 것에 ○표 하세요.

(1) (   )

(2) (   )

(3) (   )

붙임 딱지 붙여요.

사회 탐구 2. 아들은 아버지의 시신을 고향에 모셔 오기 위해 낯선 마을로 갔습니다. '마을'의 뜻을 바르게 말한 사람은 누구인가요? (   )

① 학생들이 여러 가지를 배우는 곳이야.

② 물건을 만들어 내는 시설을 갖춘 곳이야.

③ 주로 시골에서 여러 집이 모여 있는 곳이야.

논술 3. 여러분이 나그네의 아들이라면 아버지가 돌아가신 집을 어떻게 찾아낼까요? 그 방법을 생각하여 보기 처럼 써 보세요.

마을에서 가장 가까운 집을 찾아가 장례를 치른 집이 어디인지 물어봅니다.

그때 나무장수가 지나가는 게 보였어요.

"어, 저기 나무장수가 있네. 그래, 그렇게 하면 되겠군."

아들은 나무장수를 불렀지요.

"내가 이 나무를 전부 다 사겠소. 그러니 내가 산 나무를

며칠 전에 장례를 치른 집으로 가져다주시오."

아들은 값을 치른 다음, 나무장수 뒤를 따라갔어요.

한참을 걸어 여관 앞에 도착한 나무장수는 아들을 가리키며

여관 주인에게 말했어요.

"저 사람이 이 나무를 여기에 가져다주라고 했소."

여관 주인은 나그네의 아들을 보며 고개를 끄덕였어요.

나그네의 아들은 스스로 방법을 생각해 내어 여관을 찾아왔고,

첫 번째 현명한 행동을 한 것이지요.

과학탐구 1. 나그네의 아들은 나무장수에게서 나무를 모두 샀습니다. 다음 중 나무를 이용하여 만든 물건은 어느 것인가요? (　　　)

① 숯　② 동전　③ 가마솥

언어 2. '나무장수'에서 '장수'는 장사를 하는 사람을 말합니다. 다음 빈 칸에 알맞은 말이 들어가도록 줄로 이으세요.

(1) 우리 이모는 꽃 ______ 입니다. •　　• ㉠ 장사

(2) 우리 이모는 꽃 ______ 를 합니다. •　　• ㉡ 장수

논술 3. 나그네의 아들은 아버지가 돌아가신 여관을 찾아냈습니다. 아들이 생각해 낸 방법에 어떤 문제가 있는지 보기 와 같이 여러분의 생각을 써 보세요.

보기 나무를 모두 사느라고 돈을 많이 쓰게 됩니다.

여관 주인은 나그네의 아들을 저녁 식사에 초대했습니다.
여관 주인 부부와 아들 둘, 딸 둘, 그리고 나그네의 아들까지
모두 일곱 명이 식탁에 둘러앉았지요.
여관 주인은 식탁 위에 놓인 오리 다섯 마리를 가리키며 말했어요.
"당신이 우리 모두에게 음식을 나누어 주십시오."
나그네의 아들은 부부와 두 아들, 두 딸에게 각각 오리를 한 마리씩
나누어 주었습니다. 그리고 남은 오리 두 마리는 자기가 가졌지요.
"부부와 오리 한 마리를 합하면 셋이고, 두 아들과 오리 한 마리를
합해도 셋, 두 딸과 오리 한 마리를 합해도 셋입니다.
그리고 저와 오리 두 마리를 합해도 셋이 되지요."
나그네 아들의 두 번째 현명한 행동에 여관 주인은 고개를 끄덕였어요.

1. 빈칸에 알맞은 숫자를 써넣으세요.

여관 주인의 가족 수는 ☐ 명이고, 식탁 위에 놓인 오리의 수는 ☐ 마리입니다.

과학 탐구 **2. 여관 주인은 나그네의 아들에게 오리고기를 대접했습니다. 다음 중 '오리'의 일부분이 아닌 것에 ○표 하세요.**

(1) (　　)　(2) (　　)　(3) (　　)

논술 **3. 나그네의 아들이 오리를 나누어 준 방법이 현명한 방법인지 아닌지 보기 와 같이 여러분의 생각을 써 보세요.**

보기 사람 수와 오리 수를 합해 각각 셋이 되었으므로 현명한 방법입니다.

여관 주인은 닭 한 마리를 가져와 그것도 나누어 달라고 했어요.
그러자 나그네의 아들은 닭의 머리를 부부에게, 다리는 두 아들에게,
날개는 두 딸에게 주고, 몸통은 자기가 가졌어요.
"주인 부부는 이 집에서 가장 윗사람이므로 머리를,
두 아들은 이 집의 기둥이므로 다리를 드렸습니다.
두 딸은 장차 시집을 갈 테니 날개를 드렸고요.
저는 제가 타고 온 배와 비슷하게 생긴 몸통을 가진 것입니다."
여관 주인은 나그네 아들의 말을 듣고 *감탄하며 이야기했어요.
"당신은 세 번째 현명한 행동을 했습니다. 스스로 모든 방법을 찾았으니
아버지가 남긴 상자를 가질 자격이 있습니다."
여관 주인은 말을 마치고 나그네의 아들에게 상자를 주었답니다.

* **감탄하다**: 마음속 깊이 느끼어 탄복하다.

1. 나그네의 아들은 마을에 올 때 무엇을 타고 왔나요? (   )

① 

배

② 

기차

③ 

비행기

언어 **2. 보기 의 밑줄 친 '머리'와 같은 뜻으로 쓰이지 않은 것은 어느 것인가요? (   )**

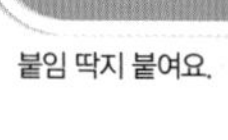

붙임 딱지 붙여요.

보기
나그네의 아들은 닭의 머리를 부부에게 주었습니다.

① 누나는 머리가 아파서 조퇴했습니다.

② 형은 쑥스러워서 머리를 긁적였습니다.

③ 이번에 자른 머리는 마음에 들지 않습니다.

3. 만약 여러분이 나그네의 아들이라면 닭을 어떻게 나누어 줄 것인지 생각하여 써 보세요.

되돌아봐요

1 '현명한 아들'에서 나그네의 아들이 한 세 가지 현명한 행동을 찾아 줄로 이으세요.

(1) 첫 번째 현명한 행동 •

(2) 두 번째 현명한 행동 •

(3) 세 번째 현명한 행동 •

• ㉠ 
여관 주인의 가족에게 닭 한 마리를 나누어 주었습니다.

• ㉡ 
여관 주인의 가족에게 오리 다섯 마리를 나누어 주었습니다.

• ㉢ 
나무장수에게 나무를 사서 아버지가 돌아가신 집을 찾았습니다.

2 '현명한 아들'의 내용과 맞으면 ○표, 틀리면 ×표를 하세요.

(1) 나그네의 아들은 여관을 찾아갔습니다. ( )

(2) 닭의 날개를 받은 사람은 두 아들입니다. ( )

(3) 여관 주인 부부는 오리 한 마리를 받았습니다. ( )

(4) 여관 주인은 나그네의 아들에게 상자를 주지 않았습니다. ( )

3 '현명한 아들'에 나오는 다음 물건들이 어떻게 되었는지 보기 에서 알맞은 낱말을 찾아 빈칸을 채워 보세요.

보기 딸 아들 머리 다리 날개 나무장수

(1) 나무

나그네의 아들이 __________에게 부탁하여 나를 며칠 전에 장례를 치른 집에 가져다주라고 했어.

(2) 오리

나그네의 아들이 나를 두 마리 갖고, 여관 주인 부부에게 한 마리, 두 ________에게 한 마리, 두 딸에게 한 마리를 주었어.

(3) 닭

나그네의 아들이 나의 몸통을 갖고, 여관 주인 부부에게는 _______을(를), 아들들에게는 _______을(를), 딸들에게는 _______을(를) 주었어.

4 '현명한 아들'에서 나그네가 아들에게 남겨 준 상자에는 무엇이 들어 있었을까요? 여러분이 상상한 상자 속의 물건과 그렇게 생각한 까닭을 보기 와 같이 써 보세요.

보기 편지, 아들에게 현명하게 살라는 이야기를 전해 주려고

2주 05 **궁금해요**

“탈무드”의 뜻과 가치를 알아보아요

우수한 유대인의 비밀

천재 물리학자 아인슈타인, 많은 학문에 영향을 준 심리학자 프로이트, 뛰어난 영화감독 스필버그, 마이크로소프트사의 공동 창업자 빌 게이츠. 각 분야에서 모두 최고의 자리에 오른 이 사람들에게는 한 가지 공통점이 있습니다. 모두 유대인이라는 점이에요.

유대인은 비록 그 수는 적지만 미국에서 우수하기로 손꼽히는 하버드대와 예일대 학생의 $\frac{1}{3}$을 차지하는 민족이에요. 또한 역대 노벨상 수상자의 $\frac{1}{4}$을 차지하는 민족이기도 하지요.

유대인의 교육서, “탈무드”

그럼 무엇이 유대인을 이렇게 우수한 민족으로 만들었을까요? 바로 ‘교육’이랍니다. 유대인의 교육은 “탈무드”에서 시작되지요. 유대인 부모들은 자녀가 어릴 때부터 늘 “탈무드”를 읽어 주어요.

“탈무드(Talmud)”는 히브리어로 ‘연구’, ‘배움’이라는 뜻이에요. 유대인들 사이에서 전해지던 여러 가지 이야기를 모아 놓은 책이지요. 오늘날 “탈무드”는 유대인뿐만 아니라 전 세계 사람들에게 세상을 살아가는 데 필요한 지혜를 가르쳐 주고 있어요.

1. “탈무드”를 읽으면 무엇이 좋을지 생각하여 써 보세요.

"탈무드"의 명언

행동은 말보다 소리가 크다.

→ 말만 하고 행동하지 않으면 안 된다는 뜻으로, 행동의 중요성을 강조하고 있어요. 청소를 하라고 여러 번 말하는 것보다 청소하는 모습을 보여 주는 것이 훨씬 효과가 있답니다.

인간은 입이 하나, 귀가 둘이다.

→ 말하는 것보다 듣는 것을 두 배로 해야 한다는 뜻이에요. 다른 사람의 말을 귀담아들으며 행동해야 한다는 뜻이기도 하지요.

승자가 즐겨 쓰는 말은 '다시 한번 해 보자.'이고, 패자가 즐겨 쓰는 말은 '해 봐야 별 수 없다.'이다.

→ 이기고 지는 것은 마음가짐에 달린 것이라는 뜻이에요. 스스로 안 된다고 생각하지 말고, 할 수 있다는 마음을 가지고 도전해 보세요.

2. "탈무드"의 명언 중에 '하루 공부하지 않으면 그것을 되찾는 데 이틀 걸린다.'라는 말이 있습니다. 이 말은 무슨 뜻일지 써 보세요.

소중한 충고를 해 보세요

'나의 선생님'이라는 뜻을 가진 '랍비'는 유대인의 정신적인 지도자이자 "탈무드"를 쓴 사람들입니다. 만약 여러분이 랍비라면 다른 사람에게 어떤 충고를 해 줄 수 있을까요? 다음 보기 를 참고하여 자신의 일을 스스로 하지 못하는 그림 속 아이에게 도움이 되는 말을 해 보세요.

보기

호랑이야, 양치기를 잡아먹어서는 안 돼.
구덩이를 판 것은 사람이지만, 그 사람이 양치기는 아니잖아.
그러니까 착한 일을 한 양치기를 해쳐서는 안 돼.

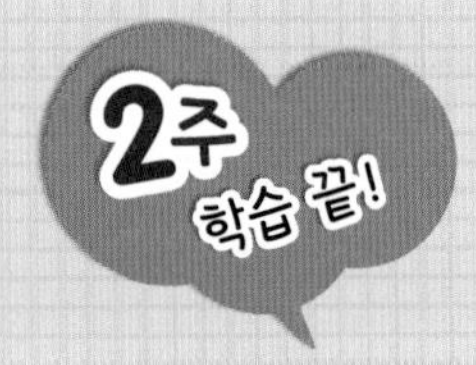

확인할 내용	잘함	보통임	부족함
1. 이번 주 학습을 5일(월요일~금요일) 안에 끝마쳤나요?			
2. 이야기를 읽고 등장인물의 말과 행동을 이해하였나요?			
3. 이야기를 읽고 배울 점을 스스로 찾을 수 있었나요?			
4. "탈무드"의 의미를 알고 한 번 더 생각해 보았나요?			

붙임 딱지 붙여요.

전하는 말

우리도 스스로 잘 살아요

생각톡톡 사막은 생물이 살기 힘든 곳입니다. 왜 그럴지 생각해서 간단히 써 보세요.

관련교과 **[국어 3-1]** 원인과 결과를 생각하며 글 읽기 / 설명을 읽고 내용 간추리기
[통합교과 봄1] 생명의 소중함 알기 / **[통합교과 여름2]** 곤충이나 식물 조사하기

3주

01 우리도 스스로 잘 살아요

스스로 양분을 만드는 식물

민들레

들판에 예쁘게 핀 민들레를 본 적이 있니? 민들레는 무엇을 먹고 이렇게 예쁘게 자랐을까?

민들레와 같은 식물들은 살아가는 데 필요한 *양분을 스스로 만드는 힘을 가지고 있어. 바로 '광합성'이라는 힘이지.

광합성이란 이산화 탄소와 물과 햇빛을 이용해, 필요한 양분을 스스로 만드는 식물의 활동을 가리켜.

겨우살이

그런데 모든 식물이 광합성을 하는 것은 아니야. 스스로 광합성을 못 하고 다른 식물에 붙어살면서 양분과 물을 빼앗아 살아가는 식물도 있거든. 이런 식물을 '*기생 식물'이라고 하는데 '새삼', '겨우살이'가 대표적이지.

하지만 이런 몇몇 기생 식물을 뺀 대부분의 식물들은 광합성을 통해 스스로 양분을 만들어 낸단다.

* **양분**: 영양이 되는 성분.
* **기생**: 스스로 생활하지 못하고 다른 것에 의지하여 생활함.

1. 식물이 광합성을 할 때 필요한 것을 모두 찾아 ○표 하세요.

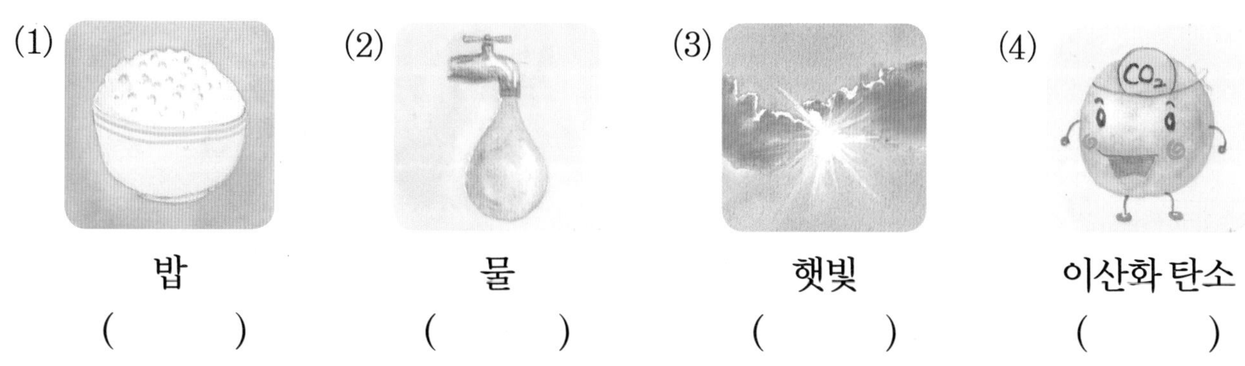

(1) 밥 (　　)　(2) 물 (　　)　(3) 햇빛 (　　)　(4) 이산화 탄소 (　　)

언어 **2. 다음 중 다른 식물에 붙어살면서 양분과 물을 빼앗아 살아가는 식물을 두 가지 고르세요. (　　　　　　)**

① 새삼　② 민들레　③ 겨우살이

논술 **3. 민들레와 같이 우리 주변에서 쉽게 찾아볼 수 있는 식물에는 무엇이 있을까요? 여러분 주변에서 볼 수 있는 식물의 이름을 두 가지만 써 보세요.**

3주 01

뜨거운 사막에서 살아가는 선인장

햇볕이 쨍쨍 내리쬐는 무더운 사막! 그러나 밤이 되면 아주 춥지.

이런 사막에 *적응하여 사는 식물이 있어. 바로 '선인장'이란다.

선인장은 물기가 없는 사막에서 살아남기 위해 스스로 잎과 줄기의 생김새를 특이하게 바꾸었어.

먼저 넓은 잎 대신 '가시'를 가졌단다. 식물은 잎이 넓을수록 많은 양의 물이 공기 중으로 날아가 버리거든. 그래서 *건조한 사막에 사는 선인장은 몸 속의 물을 내보내지 않으려고 애썼을 거야. 그러다 잎이 뾰족하게 변해 가시가 된 것이지.

그리고 선인장의 줄기는 다른 식물과 달리 매우 통통해. 사막에서는 물이 귀하기 때문에 비가 올 때 되도록 많은 물을 줄기 속으로 빨아들인단다. 그래야 비가 내리지 않아도 줄기 속에 모아 둔 물을 조금씩 쓸 수 있잖아. 즉, 선인장의 줄기는 물을 저장하는 창고 역할을 하는 거야.

* 적응하다: 주위 환경에 맞추어 알맞게 변하다.
* 건조하다: 말라서 습기가 없다.

사막에서 자라는 선인장

1. 다음 중 '사막'의 모습으로 알맞지 않은 것은 어느 것인가요?

( )

① 

②

③ 

언어 **2. 다음 중 보기 의 밑줄 친 말이 알맞게 쓰이지 않은 문장은 어느 것인가요? ( )**

보기

선인장은 건조한 사막에 삽니다.

① 장마철에는 날씨가 건조합니다.

② 사막의 날씨는 매우 덥고 건조합니다.

③ 실내가 건조해서 가습기를 틀었습니다.

논술 **3. 선인장은 사막에서 살아남기 위해 잎과 줄기의 생김새를 바꾸었습니다. 선인장의 잎과 줄기가 어떻게 바뀌었는지 써 보세요.**

(1) 잎:

(2) 줄기:

추운 극지방에 사는 식물

북극에서 자라는 이끼

남극에서 자라는 남극좀새풀

지구에서 가장 추운 곳은 어디일까?

남극? 북극? 맞아, 우리가 사는 지구의 남쪽 끝과 북쪽 끝인 남극과 북극은 매우 추운 곳이야. 남극과 북극을 일컬어 '극지방'이라고 하는데, 극지방에는 1년 내내 눈이 녹지 않는 곳도 있단다.

그런데 이렇게 추운 남극과 북극에도 식물이 살고 있어.

북극에는 *이끼나 풀처럼 작은 식물들이 꿋꿋하게 뿌리를 내리고 산단다. 추운 북극에서 식물이 살 수 있는 것은 북극에도 여름이 있기 때문이야. 여름이 오면 식물들이 부지런히 광합성을 해서 살아가는 거지.

그렇다면 남극은 어떨까? 남극의 *기온은 북극보다 더 낮아. 그래서 북극에는 사람들이 살지만, 남극에는 남극의 환경을 연구하는 과학자들 말고는 사람이 살지 않지. 그런데 그런 남극에서 살아가는 대단한 식물도 있단다. 그것은 바로 '남극개미자리'와 '남극좀새풀'이야.

* **이끼**: 잎과 줄기가 뚜렷하게 나뉘지 않는 하등 식물로 죽은 나무나 바위, 습지에서 자람.
* **기온**: 대기의 온도.

과학 탐구 **1. 다음은 남극과 북극에 사는 동물들입니다. 더 추운 곳에 사는 동물을 찾아 ◯표 하세요.**

(1) 북극곰 (　　　)

(2) 황제펭귄 (　　　)

언어 **2. 이 글에 쓰인 다음 낱말들과 뜻이 상대되는 낱말을 찾아 줄로 이으세요.**

(1) 눈 •　　　　• ㉠ 비

(2) 여름 •　　　　• ㉡ 더운

(3) 추운 •　　　　• ㉢ 겨울

논술 **3. 남극으로 여행을 간다면 무엇을 챙겨야 할까요? 이 글에서 알 수 있는 남극의 특징을 떠올려, 보기 처럼 빈칸에 써 보세요.**

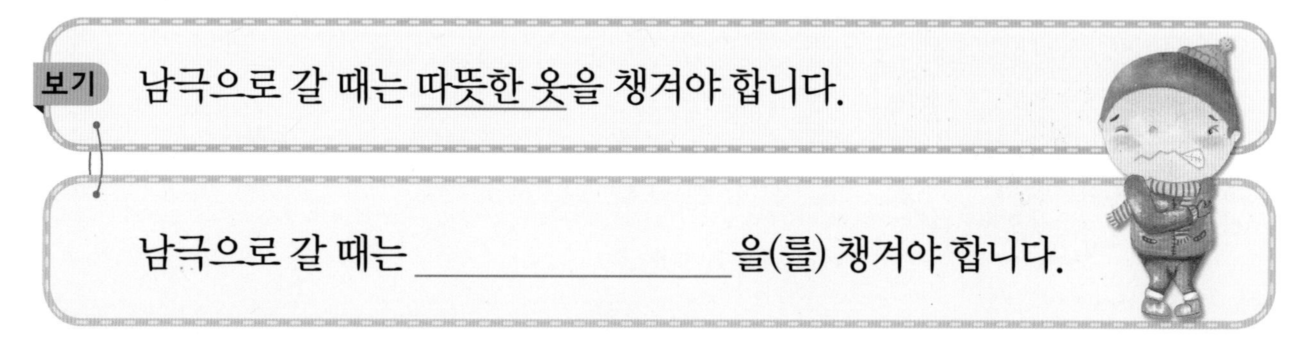

보기 남극으로 갈 때는 따뜻한 옷을 챙겨야 합니다.

남극으로 갈 때는 ______________ 을(를) 챙겨야 합니다.

식물이 번식하는 방법

바람에 실려 날아가는 민들레 씨

식물의 씨앗을 심어 본 적이 있니?

식물은 이렇게 누군가 씨앗을 심어 주거나, 민들레처럼 바람을 타고 날아가거나, 동물의 몸에 붙어 옮겨지는 등 여러 방법으로 씨앗을 퍼뜨린단다. 이와 같이 여러 가지 방법으로 자신과 같은 종류를 퍼뜨리는 것을 '번식'이라고 해.

그런데 다른 힘을 빌리지 않고 혼자서 번식하는 식물도 있어. 주변에서 쉽게 볼 수 있는 '봉선화'가 대표적이야. 봉선화는 8~9월에 열매가 익는데, 열매가 익으면 저절로 팍 터져서 갈색의 씨앗이 멀리 날아가지.

봉선화

집이나 사무실에서 많이 키우는 '산세비에리아'도 특이하게 번식하는 식물이야. 땅속에 있는 줄기를 옆으로 뻗은 다음, 그 줄기에서 새순*이 돋아서 번식을 한단다.

산세비에리아

* 새순: 새로 돋아나는 싹.

1. 다음 식물들이 번식하는 방법을 찾아 바르게 줄로 이으세요.

(1)

(2)

(3)

㉠ 바람에 씨앗을 날려 보낸다.

㉡ 씨앗을 멀리 날아가게 한다.

㉢ 땅속의 줄기를 옆으로 뻗는다.

2. 글 안에서 다음의 뜻을 가진 낱말을 찾아 쓰세요.

여러 가지 방법으로 자신과 같은 종류를 퍼뜨리는 것

논술

3. 이 글에 나온 식물이 번식하는 방법 중 여러분이 마음에 드는 것을 보기 에서 고르고, 그 까닭을 써 보세요.

보기
- 누가 심어 주는 방법
- 혼자서 번식하는 방법
- 동물의 몸에 붙어 옮겨지는 방법
- 바람을 타고 날아가는 방법

(1) 마음에 드는 방법: ....

(2) 마음에 드는 까닭: ....

....

벌레를 잡아먹는 벌레잡이 식물

식물 중에는 곤충을 잡아먹고 사는 무시무시한 식물이 있어. 이 식물들을 '벌레잡이 식물'이라고 부르지. 대부분의 벌레잡이 식물은 양분이 거의 없는 메마른 땅에서 살기 때문에 부족한 양분을 보충하기 위해 벌레를 잡아먹는 거야.

벌레잡이 식물은 벌레를 잡는 방법에 따라 세 종류로 나눌 수 있어. '파리지옥'처럼 잎을 열고 닫아 벌레를 잡는 식물, '끈끈이주걱'처럼 침 같은 것으로 벌레를 잡는 식물, '네펜테스'처럼 통을 이용해 벌레를 잡는 식물이 있지.

파리지옥은 두 장의 잎을 벌리고 있다가, 곤충이 잎 사이로 들어와 털을 건드리면 재빨리 입을 닫고 냠냠 먹어 버리지. 끈끈이주걱은 잎을 덮고 있는 털끝에 끈끈한 액체가 나와서 거기에 곤충이 달라붙으면 먹어 버린단다. 네펜테스는 잎끝에 벌레잡이 통이 있어서, 미끄러운 통 안으로 벌레를 끌어들여. 그리고 벌레가 들어오면 나가지 못하게 해서 잡아먹어 버린단다.

◀ 끈끈이주걱의 잎
▲ 파리지옥의 잎
▲ 네펜테스의 벌레잡이 통

1. 다음 중에서 벌레잡이 식물을 찾아 색칠해 보세요.

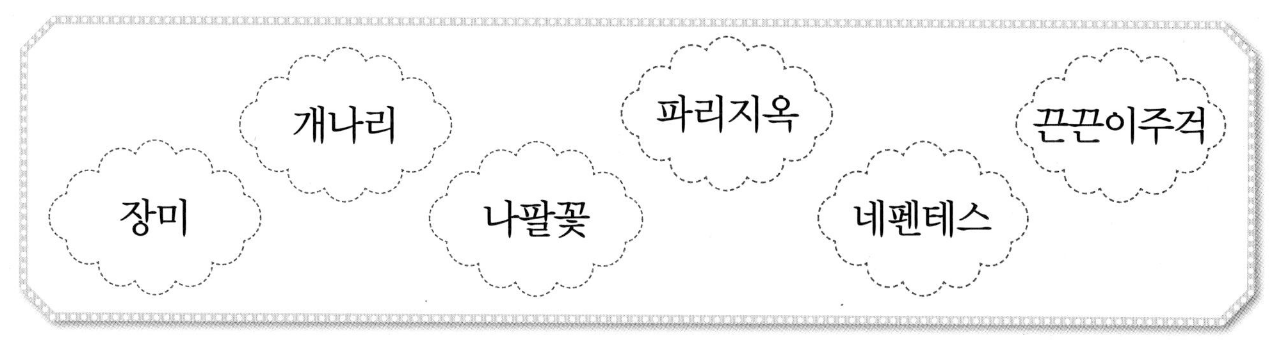

예체능 **2. 어떤 모양의 벌레잡이 식물이 곤충을 잘 잡을 수 있을까요? 여러분이 벌레잡이 식물을 상상하여 그려 보세요.**

논술 **3. 다음은 벌레와 벌레잡이 식물의 대화를 상상한 것입니다. 밑줄 친 부분과 같이 벌레잡이 식물의 입장에서 빈칸을 채워 보세요.**

너무해. 어떻게 나처럼 작은 벌레를 잡아먹으려고 하니?

<u>미안해. 하지만 나는 벌레를 먹어야 살 수 있는걸.</u>

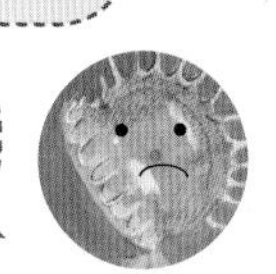

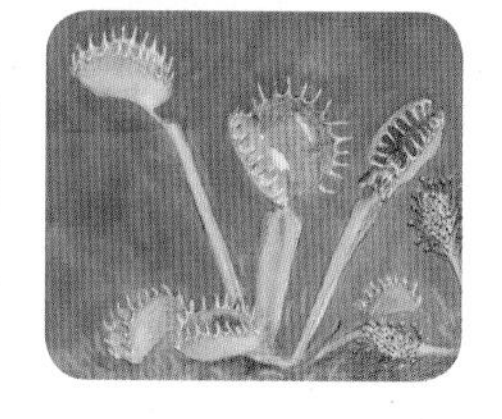

신호를 보낼 수 있는 아카시아

아카시아

멀리 떨어져 있는 다른 식물들에게 신호* 를 보낼 수 있는 식물이 있다는 것을 아니? 말도 안 된다고? 그런데 실제로 그런 식물이 있다고 해.

아프리카에 살고 있는 기린은 목을 길게 뻗어서 아카시아의 잎을 따 먹어. 그런데 아카시아잎을 아무리 좋아하는 기린이라도 한자리에서 5분 이상 아카시아잎을 먹지 않는다고 해. 왜 그럴까? 기린이 먹기 시작하고 5분 정도가 지나면 잎에서 아주 쓴맛이 나기 때문이야.

기린에게 잎을 뜯어 먹힌 아카시아가 다른 잎들에게 '조심해'라는 신호를 보낸대. 그러면 신호를 받은 다른 아카시아잎에서 쓴맛이 나지. 그래서 기린은 더 이상 아카시아잎을 뜯어 먹지 못하는 거야.

기린의 공격을 처음 받은 아카시아가 향기를 내는 물질을 내보내고, 이 물질이 바람을 타고 주변으로 퍼지면서 다른 아카시아들에게 신호를 보내는 거란다.

말하지 못하는 식물이 신호를 주고받다니 정말 신기하지?

* **신호**: 정해진 모양의 기호나 소리, 몸짓 따위로 어떤 정보를 알리거나 지시함.

과학 탐구 **1. 다음 중 동물의 공격을 받을 때 향기를 내는 물질로 다른 식물에게 신호를 보내는 식물은 무엇인가요? (　　　)**

① 장미

② 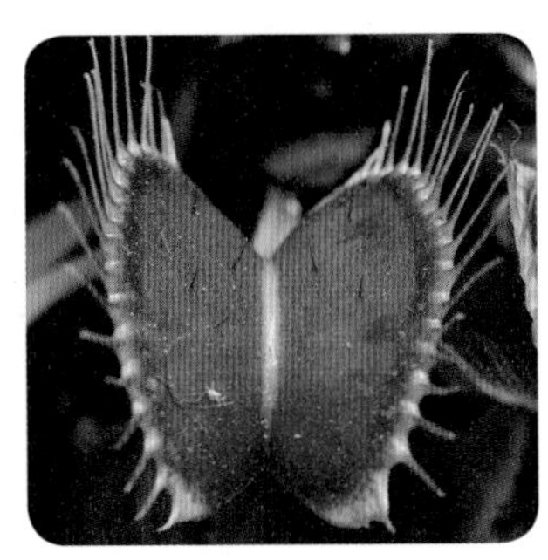
파리지옥

③ 
아카시아

언어 **2. 이 글을 읽고, 다음 문장의 빈칸에 들어갈 알맞은 말을 보기 에서 찾아 쓰세요.**

보기　잎　꽃　단　쓴　뿌리　매운

기린이 아카시아 ______ 을(를) 먹다 보면 ______ 맛이 납니다.

논술 **3. 아카시아는 향기를 내는 물질을 이용해 위험을 알립니다. 사람은 위험할 때 어떻게 신호를 보낼 수 있는지 써 보세요.**

되돌아봐요

1 다음 식물이 어떻게 환경에 적응하며 살아가는지 줄로 이으세요.

(1)

(2)

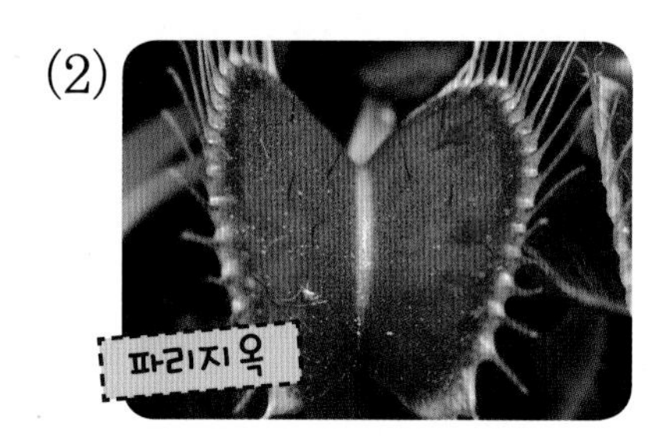

(3)

㉠ 추운 지역에서 추위를 이겨 내며 삽니다.

㉡ 건조한 사막에서 물을 몸에 저장하고 삽니다.

㉢ 양분이 적은 땅에서 벌레를 잡아먹어 양분을 보충합니다.

2 식물은 환경에 적응하며 스스로 살아갈 방법을 찾고 있습니다. 이 글에 나온 식물 중 하나를 골라 보기 와 같이 칭찬하는 편지를 써 보세요.

보기

선인장에게

물이 없는 사막에서도 꿋꿋하게 살아가는 네 모습을 보니, 조금만 힘들어도 투정을 부리던 내 모습이 부끄러웠어. 나도 너처럼 힘들어도 열심히 노력하는 아이가 될 거야.

윤주가

3 환경에 스스로 적응하는 식물을 찾으러 나왔습니다. 다음 그림에서 앞의 글에 나온 보기 의 식물들을 찾아 팻말에 이름을 써넣으세요.

보기 이끼 선인장 봉선화 파리지옥 아카시아

사는 곳에 따라 다른 여우

사막여우

북극여우

우리가 살아가려면 어떤 것이 필요할까?

우리가 발을 딛고 서 있는 땅도 필요하고, 우리가 숨을 쉴 때 마시는 공기도 필요하지. 이렇게 우리에게 *영향을 주는 우리를 둘러싼 여러 가지 자연을 '자연환경'이라고 해.

자연환경은 시간이 흐르면서 계속 조금씩 변한단다. 사람들은 이렇게 바뀌는 환경에 맞추어서 살아가지.

동물들도 마찬가지야. 사는 환경에 따라 생김새가 변하기도 해. 같은 여우인데도 사막에 사는 '사막여우'와 북극에 사는 '북극여우'는 다르게 생겼어. 사막여우는 귀가 큰데, 북극여우는 귀가 작아.

왜 그런 걸까? 그건 바로 환경에 적응했기 때문이야. 더운 지역인 사막에서 사는 사막여우는 몸의 열을 많이 내보내야 하기 때문에 귀가 커진 거야. 그리고 추운 지역인 북극에서 사는 북극여우는 열을 많이 빼앗기지 않기 위해서 귀가 작아진 거지.

* **영향**: 어떤 일이나 물건 등의 효과나 결과가 다른 것에 미침.

과학탐구 **1. 사막여우와 북극여우의 귀의 크기가 다른 것은 사는 곳의 온도 때문입니다. 다음 코끼리의 생김새를 보고 더 더운 곳에서 사는 코끼리를 찾아 ◯표 하세요.**

(1) 

아시아코끼리 (　　　)

(2) 

아프리카코끼리 (　　　)

2. '자연환경'과 가장 거리가 먼 모습은 어느 것인가요? (　　　)

① 

② 

③ 

논술 **3. 자연환경을 보호하기 위해 우리가 할 수 있는 일은 무엇이 있을까요? 보기 와 같이 써 보세요.**

보기 자연환경을 보호하기 위해 물을 아껴 쓰겠습니다.

....

....

건조한 사막에서 살아가는 낙타

'사막의 배'라고 불리는 낙타를 알고 있니? 뜨겁고 건조한 사막에서는 자동차나 말이 아닌 낙타를 타고 다녀서 그런 별명이 붙었단다. 그만큼 낙타는 사막에서 강한 동물이야.

낙타의 몸은 사막에서 잘 살아갈 수 있게 되어 있어. 속눈썹이 길고 콧구멍을 열고 닫을 수 있어서 사막의 모래가 눈이나 콧속으로 들어오지 않거든. 또한 등에 있는 커다란 혹에 지방을 저장할 수 있어서 물이나 먹이가 없을 때 이용할 수 있어.

낙타는 5일 정도는 뜨거운 사막에서도 물 없이 견딜 수 있어. 어떻게 그럴 수 있냐고? 낙타는 소변이나 대변을 통해 내보내는 물의 양이 아주 적어. 게다가 환경에 맞게 몸의 온도를 바꿀 수 있기 때문에 땀도 별로 흘리지 않지. 또 물을 마실 때는 한꺼번에 아주 많이 마실 수 있단다.

낙타

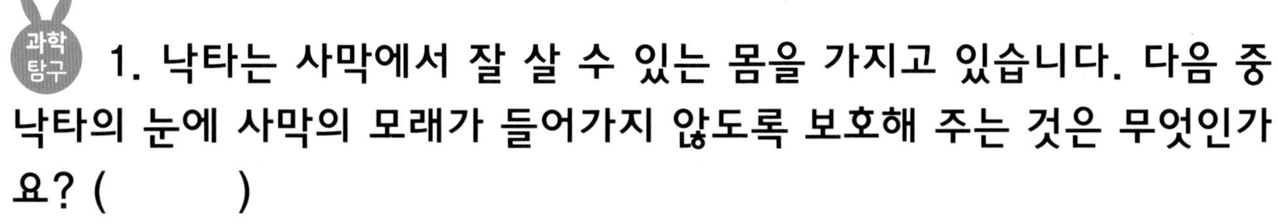

과학 탐구 **1. 낙타는 사막에서 잘 살 수 있는 몸을 가지고 있습니다. 다음 중 낙타의 눈에 사막의 모래가 들어가지 않도록 보호해 주는 것은 무엇인가요? (　　　)**

① 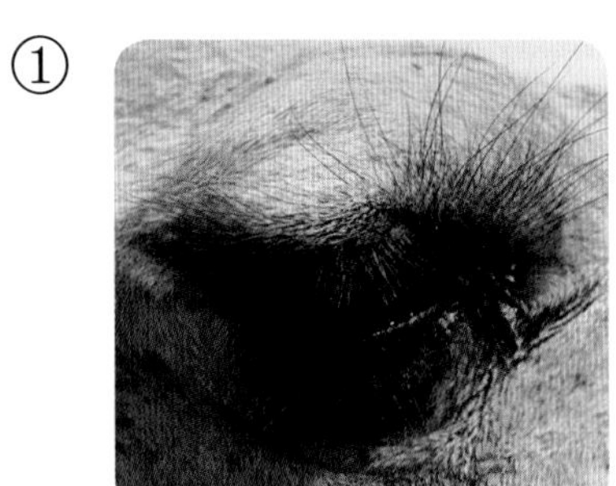
② 
③ 

언어 **2. 낙타가 오랜 시간 동안 물을 마시지 않고 견딜 수 있는 까닭을 잘못 말한 친구는 누구인가요? (　　　)**

① 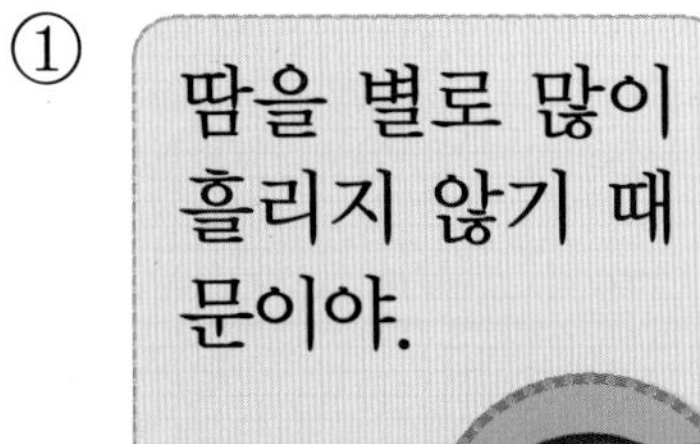

② 소변으로 물을 많이 내보내기 때문이야.

③ 한꺼번에 물을 많이 마실 수 있기 때문이야.

붙임 딱지 붙여요.

논술 **3. 낙타의 생김새 중에 부러운 것 하나를 골라 보기 처럼 까닭을 덧붙여 써 보세요.**

보기
나는 낙타의 속눈썹이 부럽습니다.
먼지가 들어오는 것을 막아 주기 때문입니다.

나는 낙타의 ______________ 이(가) 부럽습니다.

______________________________________ 때문입니다.

산소 없이 살 수 있는 곰벌레

동물은 산소를 들이마시며 숨을 쉬지. 그런데 놀랍게도 산소 없이 살 수 있는 동물도 있다고 해. 행동이 *굼뜨고 느린 몇몇 동물과 어떤 세균들은 산소 없이 살 수 있다는 것이 밝혀졌거든. 이런 동물들은 히말라야산맥 꼭대기나 깊은 바닷속, 극지방과 적도 등에 살기 때문에 사람들이 많이 사는 곳에서는 쉽게 볼 수 없어.

행동이 굼뜨고 느린 대표적인 동물로 '곰벌레'가 있어. 곰벌레는 여덟 개의 다리를 가졌고 크기는 1밀리미터, 즉 점 하나 정도밖에 안 되는 크기의 동물이야. 하지만 작다고 무시하면 큰코다칠걸. 곰벌레는 엄청나게 강한 *생존력을 가지고 있거든. 곰벌레는 아주 뜨거운 곳에서도, 아주 차가운 곳에서도 살 수 있다고 해. 심지어 산소가 없는 곳에서도 끄떡없단다. 지구가 멸망해도 살아남을 수 있다고 하는 바퀴벌레보다 한 수 위라는 평가를 받고 있지.

이렇게 생존력이 강하다는 이유로 곰벌레는 우주여행까지 하는 행운을 누리고 있어. 과학자들이 '곰벌레가 우주에서도 살아남을 수 있을까?'에 대해 연구를 시작했기 때문이란다.

* **굼뜨다**: 움직임 등이 답답할 만큼 매우 느리다.
* **생존력**: 살아 있는 힘. 또는 살아남은 힘.

언어 **1. 다음 중 곰벌레가 살 수 있는 곳은 어디인지 모두 고르세요.**

( )

① 더운 사막　　② 추운 북극　　③ 산소가 없는 곳

언어 **2. 이 글을 읽고 곰벌레에 대해 바르게 이야기한 친구에게 ○표, 잘못 이야기한 친구에게 ×표 하세요.**

(1) 곰벌레는 행동이 굼뜨고 느려.
( )

(2) 곰벌레는 우주에서 발견된 동물이야.
( )

(3) 곰벌레는 크기가 점 하나밖에 안 될 정도로 작아.
( )

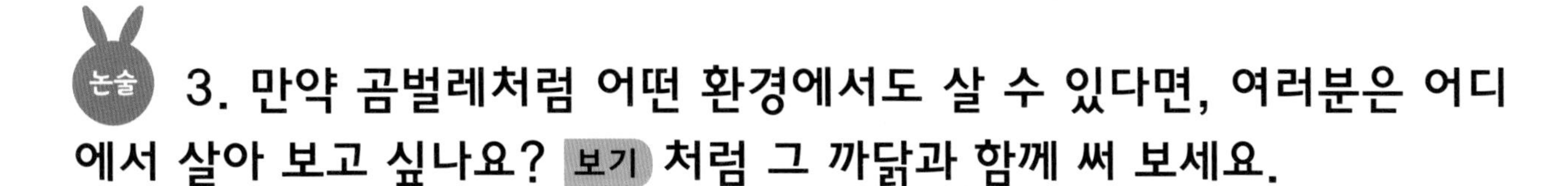
논술 **3. 만약 곰벌레처럼 어떤 환경에서도 살 수 있다면, 여러분은 어디에서 살아 보고 싶나요? 보기 처럼 그 까닭과 함께 써 보세요.**

보기 나는 깊은 바닷속에서 살아 보고 싶습니다. 깊은 바닷속에 사는 신기한 물고기들을 보고 싶기 때문입니다.

제 꼬리를 자르는 도마뱀

'도마뱀 꼬리 자르기'라는 말을 들어 본 적이 있니? 도마뱀은 스스로 자기 꼬리를 자르기도 해. 왜 그럴까?

매나 뱀, 여우 등 많은 동물들이 도마뱀을 잡아먹으려고 한단다. 이렇게 자신을 잡아먹으려는 *천적을 만났을 때, 도마뱀은 긴 꼬리를 이용해서 도망을 치지. 어떻게 하냐고? 꼬리를 흔들어 적을 꾀어낸 다음, 꼬리를 잘라 적이 당황하는 동안에 도망쳐 숨어 버리는 거야. 즉, 꼬리를 자르는 것은 도마뱀이 스스로를 보호하는 방법인 거지.

그런데 도마뱀은 어떻게 자기 꼬리를 자를 수 있을까? 그건 도마뱀의 꼬리가 특수한 구조로 되어 있기 때문이야. 척추 아래의 뼈가 쉽게 부러지도록 되어 있고, 꼬리가 떨어져도 피가 조금만 흐르도록 만들어져 있거든.

하지만 꼬리를 자르는 것은 도마뱀에게도 쉬운 일은 아니야. 꼬리를 자르고 나면 움직임이 느려지고, 새 꼬리가 자라는 동안 성장이 멈추어 버리거든. 더구나 새롭게 자라난 꼬리는 다시 자를 수 없다고 해. 결국 꼬리를 자르는 것은 도마뱀이 평생 동안 단 한 번 할 수 있는 중요한 일인 셈이지.

* **천적**: 어떤 동물을 잡아먹는 다른 동물.

1. 도마뱀이 스스로를 보호하는 방법과 관계가 깊은 것은 무엇인가요? (　　　)

① 
몸의 절반이 넘는 꼬리

② 
스스로 자를 수 있는 꼬리

③ 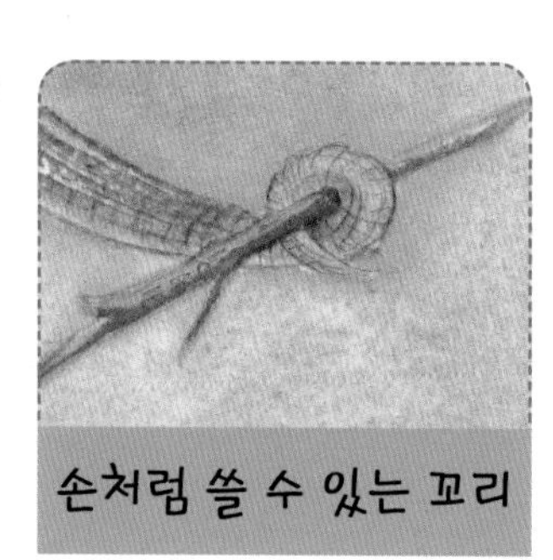
손처럼 쓸 수 있는 꼬리

2. 도마뱀이 꼬리를 자르는 까닭을 바르게 말한 친구는 누구인가요? (　　　)

① 꼬리가 길어서 움직이기 어렵기 때문이야.

② 짝꿍을 만났을 때 매력을 뽐내기 위해서야.

③  잡아먹힐 위험에 빠졌을 때 도망가기 위해서야.

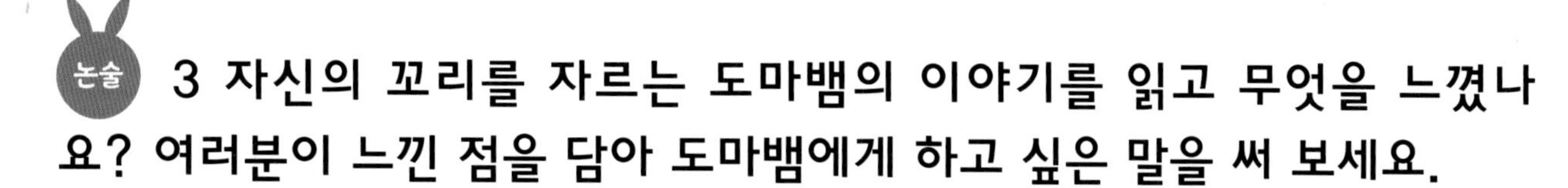

3 자신의 꼬리를 자르는 도마뱀의 이야기를 읽고 무엇을 느꼈나요? 여러분이 느낀 점을 담아 도마뱀에게 하고 싶은 말을 써 보세요.

우르르 쾅! 땅이 흔들리고 갈라지는 일을 '지진'이라고 해. 지진은 언제 어떻게 시작되는지 미리 알 수 없어서 더 무서워. 그런데 이렇게 갑작스레 오는 지진을 미리 알고 피하는 동물이 있대.

중국에서는 큰 지진이 일어나기 전에 두꺼비들이 떼를 지어 땅 위로 나왔어. 또한 일본에서는 '땅 밑에서 커다란 메기*가 움직이기 때문에 지진이 일어난다.'라는 말이 있을 정도로, 메기의 움직임과 지진이 관계가 많다고 생각하고 있어. 그래서 일본의 오사카 대학에서는 메기를 이용해 지진을 관측*하기도 했단다. 그리고 큰 지진이 일어날 때, 그 지역의 50킬로미터 안에 있는 비둘기들은 모두 다른 곳으로 떠났다는 중국의 연구 결과도 있어.

그렇다면 정말 동물에게는 지진을 알아차리는 능력이 있을까? 아직 그것은 정확히 알 수 없지만, 스스로 위험을 피하는 동물의 행동을 가볍게 보고 넘겨서는 안 될 것 같아.

* **메기**: 메깃과의 민물고기. 머리가 넓적하고 입이 크며 4개의 긴 수염이 있음.
* **관측**: 자연 현상의 상태나 변화 따위를 관찰하여 측정하는 일.

언어 1. 중국에서 큰 지진이 일어나기 전에 떼를 지어 땅 위로 나온 동물이 있었습니다. 이 동물은 무엇인가요? (   )

① 메기 ② 두꺼비 ③ 비둘기

과학 탐구 2. 이 글에서 지진과 관계가 있을 것이라고 짐작하는 일이 아닌 것은 무엇인가요? (   )

① 비둘기가 떠납니다. ② 메기가 움직입니다. ③ 큰 눈이 내립니다.

논술 3. 만약에 지진이 일어난다면 어떻게 해야 할지 바르게 말하지 못한 친구를 고르고, 그렇게 생각한 까닭을 쓰세요.

되돌아봐요

1 앞의 글에 나온 동물 중 다음에서 설명하는 동물을 찾아 동물의 이름을 빈칸에 써 보세요.

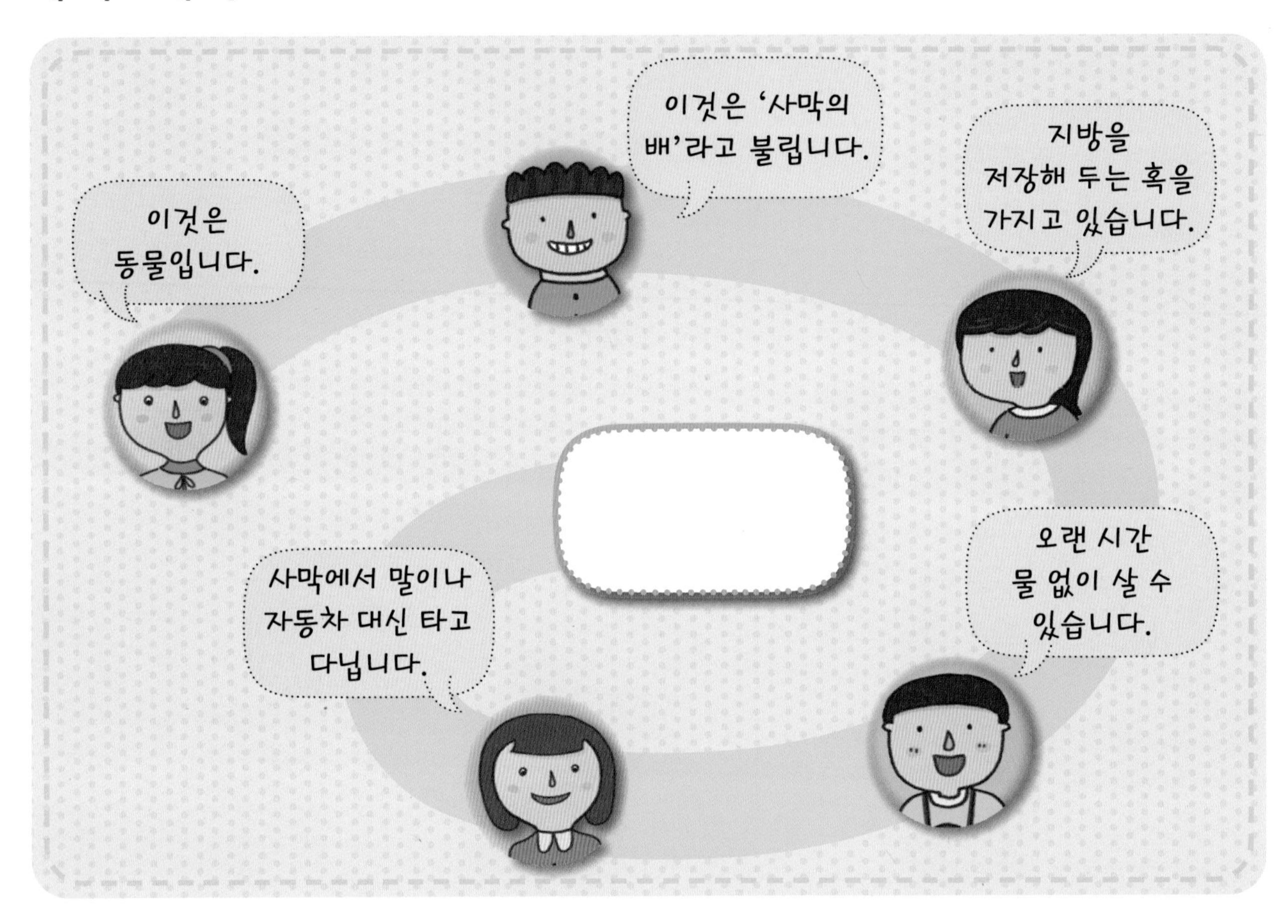

2 다음 내용을 보고 맞는 내용에는 ○표, 틀린 내용에는 ×표 하세요.

3 아래에 있는 그림에서 위의 그림과 달라진 부분 다섯 군데를 찾아서 ◯표 하세요.

생물이 살아가려면 무엇이 필요할까요?

생물은 크게 동물과 식물로 나눌 수 있어요. 대부분의 생물이 살아가기 위해서는 햇빛과 물, 공기, 적당한 온도와 흙이 꼭 필요하지요. 햇빛, 온도, 물, 공기, 흙 등은 생물들이 살아가는 데 어떤 도움을 줄까요?

햇빛

햇빛이 잘 드는 곳에서 자란 식물과 그늘진 곳에서 자란 식물이 있다면 어떻게 다를까요? 하나는 파릇파릇 잘 자라고, 다른 하나는 비실비실할 거예요. 이렇게 햇빛을 받고 자라는 식물뿐만 아니라 대부분의 생물들에게는 햇빛이 꼭 필요해요. 햇빛은 생물이 자라거나 생활하는 데 큰 도움을 준답니다.

하지만 모든 생물이 다 빛을 좋아하는 것은 아니에요. 햇빛이 없는 밤에 주로 활동하는 동물도 있거든요. 천적의 위험을 피하기 위해 밤에 활동하는 '나방', 짝을 찾기 위해 빛을 내는 '반딧불이', 밤에 사냥을 더 잘하는 '올빼미'와 '부엉이', 눈보다 귀가 발달한 '박쥐'는 햇빛을 피해 밤에 주로 활동을 하지요.

여러분이 살아가는 데 꼭 필요한 것은 무엇인지 까닭과 함께 쓰세요.

온도

햇빛만큼 생물의 생활에 많은 영향을 주는 것은 온도랍니다. 대부분의 생물은 너무 덥거나 추운 곳에서는 살지 못하거든요. 사는 곳의 온도에 따라 몸의 생김새가 변하기도 해요.

이처럼 온도의 변화에 따라 생물의 생활은 크게 영향을 받아요. 같은 금붕어라도 온도가 높은 물에서는 숨을 더 많이 쉬고, 온도가 낮은 물에서는 숨을 더 적게 쉬어요. 추운 겨울을 나기 위해 곰이나 다람쥐는 겨울잠을 자고요. 잠자리처럼 알 상태로 추운 겨울을 보내기도 해요. 나무는 잎을 떨어뜨려 추운 겨울을 이겨 낸답니다.

물

생물이 살아가는 데는 충분한 양의 물이 필요해요. 사람도 꼭 물을 마셔야 살 수 있지요.

그래서 물이 적은 사막과 같은 곳에서 사는 생물은 건조한 곳에서 살아가기 알맞게 몸이 바뀌어요. 선인장, 낙타, 도마뱀처럼 말이에요.

나는 건조한 곳에서
살기 위해 온몸이 두꺼운
비늘로 덮여 있어.
그래야 몸속 물기가
잘 마르지 않거든.

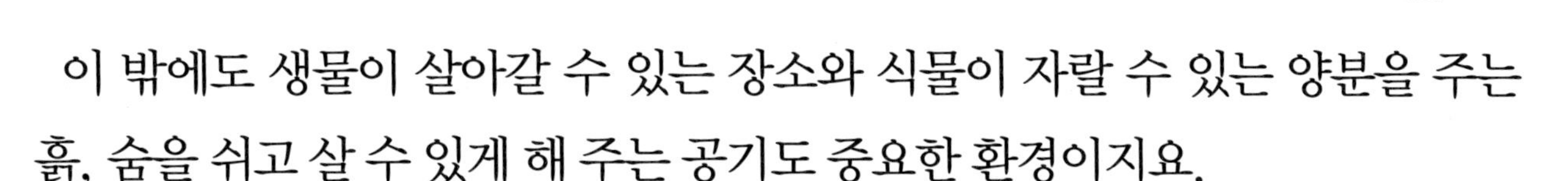

이 밖에도 생물이 살아갈 수 있는 장소와 식물이 자랄 수 있는 양분을 주는 흙, 숨을 쉬고 살 수 있게 해 주는 공기도 중요한 환경이지요.

그리고 또 꼭 필요한 것이 있어요. 바로 여러 종류의 생물들이에요. 참새가 살아가려면 햇빛과 물과 공기만 있으면 될까요? 메뚜기나 지렁이와 같이 참새가 먹을 수 있는 곤충이나 벌레도 꼭 필요하지요. 이렇게 생물이 살아가기 위해서는 다른 생물도 아주 중요해요.

생물은 환경에 영향을 받고, 다른 생물과 더불어 살아간답니다.

3주 05 내가 할래요

스스로 잘 살아가는 생물들을 소개해요

친구에게 이 글에 나온 여러 가지 생물에 대해 알려 주려고 해요.
이 글에 나온 생물 중 한 가지를 골라, 보기 와 같이 생김새를 그려 보세요. 그리고 여러분이 알게 된 그 생물의 특징을 친구에게 소개해 보세요.

보기

민지야, 너에게 도마뱀에 대해 알려 주고 싶어.

도마뱀은 긴 꼬리를 가지고 있는데, 자신을 잡아먹는 무서운 동물을 만나면 자신의 꼬리를 스스로 자르고 도망간다고 해. 참 이상하지? 도마뱀은 자신의 꼬리를 잘라서 적이 깜짝 놀라는 동안에 재빨리 도망치는 거야.

확인할 내용	잘함	보통임	부족함
1. 이번 주 학습을 5일(월요일~금요일) 안에 끝마쳤나요?			
2. 저마다의 방법으로 살아가는 생물들을 잘 살펴보았나요?			
3. 생물들의 여러 가지 주변 환경의 특징을 이해하였나요?			
4. 생물들이 환경에 적응하면서 어떻게 변하는지 말할 수 있나요?			

앞에서 나온 생물들 중 하나를 골라, 글과 그림으로 소개해 봐요.

3주 5일 학습 끝!

붙임 딱지 붙여요.

생각톡톡 여러분이 오늘 겪은 일 중 가장 인상 깊은 일은 무엇인가요?

관련교과 [국어 1-1] 기억에 남는 일 말하기 / 기억에 남는 일로 그림일기 쓰기
[국어 2-2] 인상 깊었던 일로 글쓰기 / 일이 일어난 차례대로 이야기하기
[국어 3-2] 겪은 일이나 듣거나 본 일을 실감 나게 쓰기

4주 일기를 써 봐요

4주 01 형식별

그림일기 (1)

날짜, 요일, 날씨

20○○년 ○월 ○일 화요일	날씨: 맑음

그림

글

	내	일	이		동	생		생	일	이	라
서		선	물	로		장	난	감		자	동
차	를		샀	다	.	동	생	이		좋	아
하	는		모	습	을		상	상	하	니	
벌	써		기	분	이		좋	아	진	다	.

분석력 1. 다음 중에서 이 그림일기에 들어 있는 것을 모두 찾아 색칠해 보세요.

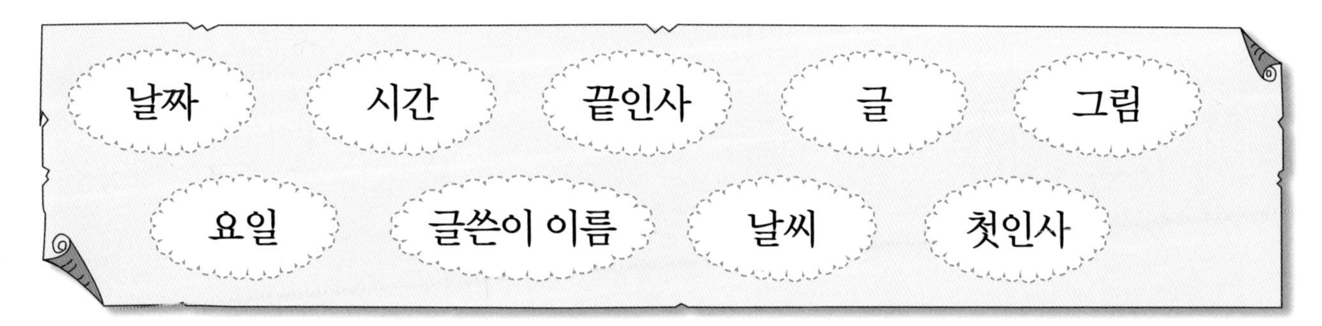

분석력 2. 이 그림일기에 대해 알맞게 말한 친구를 찾아 ◯표 하세요.

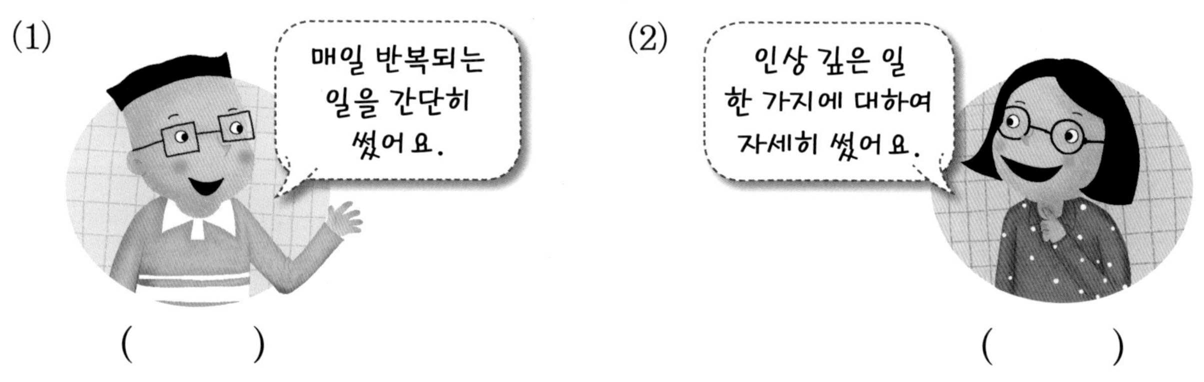

( )　　　　( )

논술 3. 오늘의 날짜와 날씨를 쓰고, 보기 의 밑줄 친 부분과 같이 바꾸어 써 보세요.

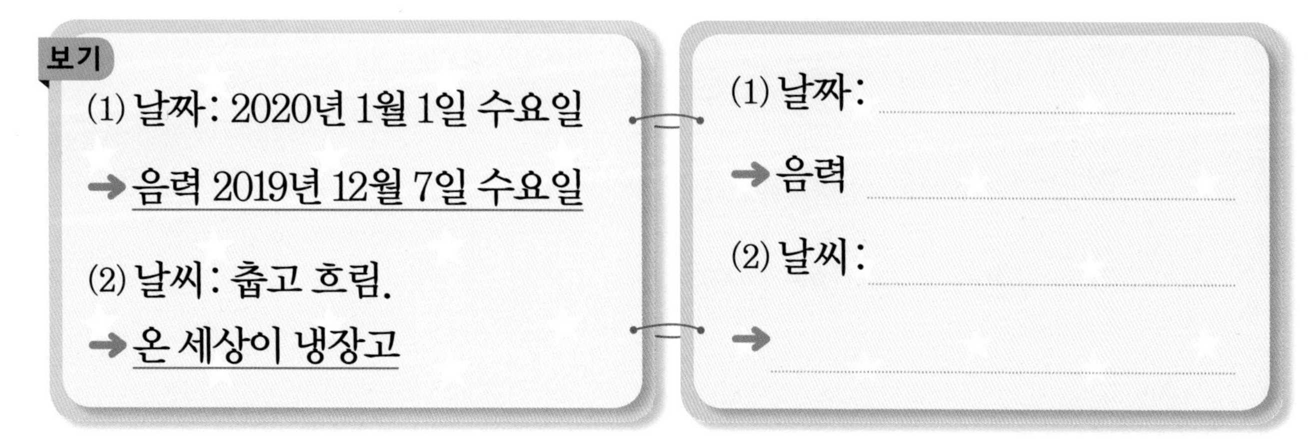

보기

(1) 날짜: 2020년 1월 1일 수요일

→ <u>음력 2019년 12월 7일 수요일</u>

(2) 날씨: 춥고 흐림.

→ <u>온 세상이 냉장고</u>

(1) 날짜: ....

→ 음력 ....

(2) 날씨: ....

→ ....

4주

01

형식별

그림일기 (2)

20○○년 ○월 ○일 목요일	날씨: 파란 하늘 구름 한 점

	오	후	에		2	반	과		축	구	
시	합	을		했	다	.	내	가		2	골
을		넣	어	서		1	골		차	로	
우	리		반	이		이	겼	다	.	매	일
축	구	만		하	면		좋	겠	다	.	

이해력 1. 이 그림일기에서 오늘 있었던 일과 그 일에 대한 글쓴이의 생각을 하나씩 찾아 줄로 이으세요.

(1) 오늘 있었던 일 •

(2) 그 일에 대한 생각 •

• ㉠ 2반과 축구 시합을 하였다.

• ㉡ 늦잠을 자서 지각을 하였다.

• ㉢ 매일 축구만 하면 좋겠다.

• ㉣ 일찍 자고 일찍 일어나야겠다.

분석력 2. 이 그림일기에 대해 알맞게 말한 친구를 찾아 ◯표 하세요.

(1)

(   )

(2)

(   )

창의력 3. 그림일기는 자신이 겪은 일을 글로 쓰고 그림으로 나타내는 일기입니다. 여러분이 오늘 겪은 일 중 인상 깊은 일 한 가지를 골라, 그 일을 나타내는 그림을 간단히 그려 보세요.

형식별

생활문 일기

20○○년 ○월 ○일 금요일	날씨: 싱긋 웃는 해님
제목: 김밥	

지글지글지글 탁탁탁탁탁!

아침 일찍부터 부엌에서 요란한 소리가 났다. 내가 현장 학습을 가기 때문에 엄마가 서둘러 김밥을 싸시는 소리였다. 엄마는 직장에 다니신다. 그래서 학교에 도시락을 준비해 가야 하는 날이면 언제나 우리 집 부엌은 전쟁터와 같다.

"그냥 가게에서 김밥 한 줄 사서 주고 말지. 사서 고생은……."

아빠의 볼멘소리에도 엄마는 아랑곳하지 않는다.

"우리 아들 먹을 건데 그래도 정성이 들어가야지."

엄마가 싸 주신 김밥은 삐뚤빼뚤 못생겼다. 옆구리가 터진 것도 많다. 하지만 난 그게 엄마의 사랑이란 걸 안다.

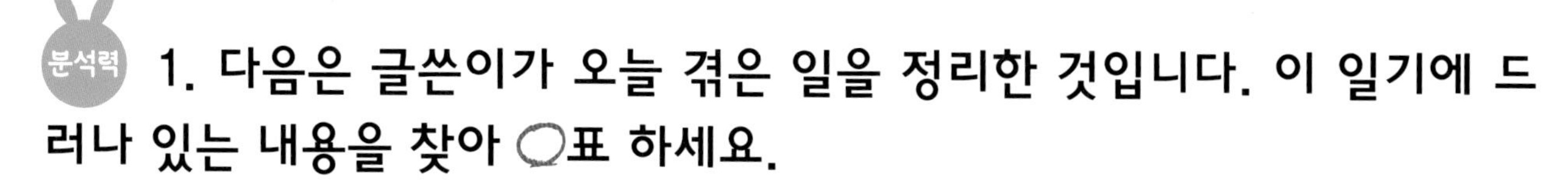

분석력 **1. 다음은 글쓴이가 오늘 겪은 일을 정리한 것입니다. 이 일기에 드러나 있는 내용을 찾아 ○표 하세요.**

(1) 아침 • 엄마가 바쁘게 김밥을 싸셨다. (　　　)

(2) 낮 • 현장 학습을 갔다. • 김밥을 맛있게 먹었다. (　　　)

(3) 저녁 • 몸이 피곤했다. • 일찍 잠자리에 들었다. (　　　)

이해력 **2. 엄마가 싸 주신 못생긴 김밥을 보고 글쓴이가 느낀 것은 무엇인가요? (　　　)**

① 엄마의 사랑　　② 엄마의 잔소리　　③ 엄마에 대한 그리움

논술 **3. 여러분이 오늘 겪은 일을 시간의 흐름에 따라 간단히 정리해 보고, 그중 가장 인상 깊었던 일은 무엇인지 써 보세요.**

4주 1일
학습 끝!
붙임 딱지 붙여요.

4주 형식별

02 편지 일기

20○○년 ○월 ○일 금요일	날씨: 이글이글 불타는 태양
제목: 민석이에게	

민석아, 안녕! 나 애련이야. 몸은 좀 괜찮니?

어제 네가 아파서 결석했다는 말을 듣고 얼마나 놀랐는지 몰라. 수업이 끝나고 너희 집에 찾아가 볼까 생각도 했어. 그런데 엄마가 아플 때 찾아가면 더 힘들 거라고 하셔서 꾹 참았단다.

오늘 환하게 웃으며 등교하는 너의 얼굴을 보고 얼마나 기쁘던지……. 다시 너의 건강한 모습을 볼 수 있어서 참 다행이야.

겨우 하루였지만 교실에 네가 없으니 참 쓸쓸했어. 그러니까 앞으로는 나를 생각해서라도 아프지 말고 건강해야 해. 알았지?

그럼 잘 자고 건강한 모습으로 내일 보자.

너의 영원한 친구, 애련이가

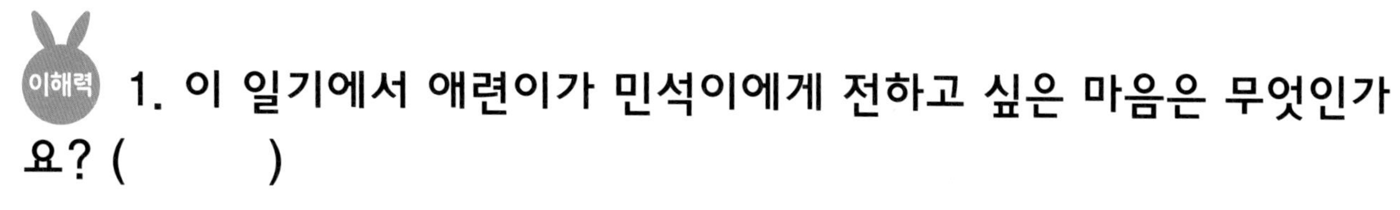

이해력 **1. 이 일기에서 애련이가 민석이에게 전하고 싶은 마음은 무엇인가요? (   )**

① 고마운 마음 ② 걱정하는 마음 ③ 화해하고 싶은 마음

비판력 **2. 이 일기가 실감 나게 느껴지는 까닭으로 알맞지 않은 것은 무엇인가요? (   )**

① 글쓴이의 감정이 잘 드러나게 썼습니다.

② 일이 일어난 시간의 순서대로 썼습니다.

③ 사물의 생김새, 색깔, 냄새, 맛 등을 자세히 썼습니다.

논술 **3. 다음은 일기를 실감 나게 쓰는 방법들입니다. 오늘 여러분에게 인상 깊었던 일을 일기로 쓴다면, 가장 어울리는 방법이 무엇인지 생각하여 보기 처럼 써 보세요.**

- 일이 일어난 순서대로 쓰는 방법
- 생김새, 색깔, 감촉 등을 자세히 관찰하여 쓰는 방법
- 일의 원인과 결과를 중심으로 쓰는 방법
- 일을 겪으면서 느낀 감정을 중심으로 쓰는 방법

보기

(1) 오늘 인상 깊었던 일: 단짝 친구인 철수와 다투었다.

(2) 가장 어울리는 방법: 일을 겪으면서 느낀 감정을 중심으로 쓰는 방법

(1) 오늘 인상 깊었던 일: ....

(2) 가장 어울리는 방법: ....

4주 형식별

02 동시 일기

20○○년 10월 ○일 월요일	날씨: 가을바람에 낙엽이 우수수
제목: 추석	

자동차를 타고 간다.
할머니 댁으로.

"이런, 길이 막히잖아."
앞에도 뒤에도
보이는 건 자동차뿐.

"일찍 가긴 다 틀렸네."
아빠도 엄마도
내쉬는 건 한숨뿐.

할머니는 아실까?
이렇게 길이 막혀도
아무리 오래 걸려도
마냥 들뜨는 내 마음을.

"어이구, 우리 손자 왔냐?"
반겨 주실 할머니 생각에
마냥 좋은 내 마음을.

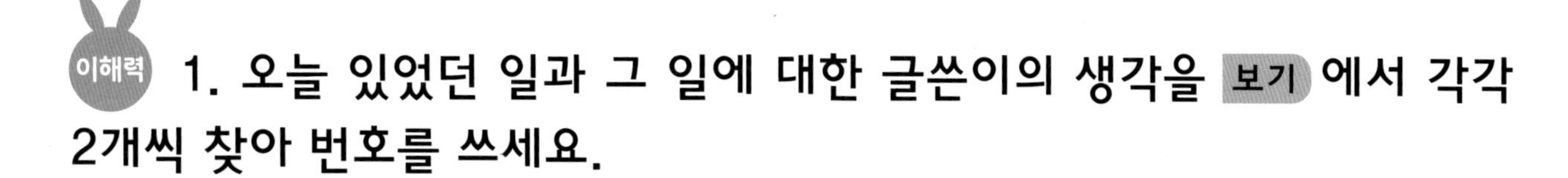

이해력 **1. 오늘 있었던 일과 그 일에 대한 글쓴이의 생각을 보기 에서 각각 2개씩 찾아 번호를 쓰세요.**

보기
① 힘들고 한숨이 났다.
② 할머니 생각에 마냥 좋았다.
③ 차가 많아 길이 막혔다.
④ 차를 타고 할머니 댁에 갔다.
⑤ 길이 막혀 집으로 되돌아갔다.
⑥ 길이 막혀도 마음이 들떴다.

(1) 오늘 있었던 일: ____________________

(2) 그 일에 대한 글쓴이의 생각: ____________________

창의력 **2. 이 일기의 내용을 바탕으로 하여 제목을 바꿔 써 보세요.**

추석 → ____________________

논술 **3. 다음은 일기로 쓸 내용을 표로 정리한 것입니다. 내용에 어울리는 제목을 써 보세요.**

날짜, 요일, 날씨	20○○년 12월 ○일 수요일, 눈
겪은 일(가장 인상 깊었던 일)	아파트 놀이터에서 친구들과 눈싸움을 한 일
그 일에 대한 생각이나 느낌	친구들과 더 친해지게 되어 기쁘다.

↓

제목: ____________________

4주

내용별

02 생활 일기

20○○년 4월 ○일 일요일	날씨: 봄바람이 살랑살랑
제목: 말타기 놀이	

아침을 먹자마자 집 근처에 있는 도서관에 갔다. 오랜만에 가니까 새로운 책이 많이 있었다. 새 책들을 읽을 생각에 마음도 마구 들떴다.

그런데 형들이 떠들어서 집중이 되지 않았다. 그래서 조용히 해 달라고 부탁을 하였다. '도서관은 조용히 책을 보는 곳인데, 왜 떠들까?'라는 생각이 들었다.

그리고 집에 돌아와 받아쓰기 공부를 했다. 내일 받아쓰기 시험을 보기 때문에 정말 열심히 했다. 내일 시험을 잘 봐서 엄마한테 칭찬을 받았으면 좋겠다.

저녁때는 아빠와 함께 말타기 놀이를 했다. 나는 아빠와 말타기 놀이를 할 때가 가장 신난다. 아빠는 정말 말이 된 것처럼 말 흉내를 잘 내시기 때문이다. 정말 신나고 재미있는 하루였다.

분석력 1. 이 일기에 나타나 있는 글감으로 알맞은 것을 모두 찾아 색칠해 보세요.

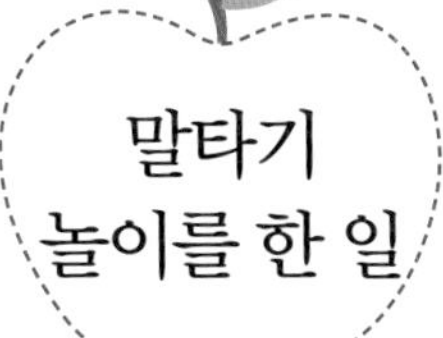

이해력 2. 글쓴이가 아빠와 말타기 놀이를 할 때가 가장 신난다고 말한 까닭은 무엇인가요? (　　　)

① 엄마한테 야단맞지 않아서

② 아빠가 말 흉내를 잘 내셔서

③ 아빠한테 칭찬을 많이 받아서

논술 3. 이 일기를 '말타기 놀이'라는 제목에 어울리게 한 가지 글감만 담은 내용으로 고쳐 써 보려고 합니다. 빈칸에 어떤 내용이 이어지면 좋을지 자유롭게 써 보세요.

저녁때 아빠와 함께 말타기 놀이를 했다. 아빠가 말처럼 엎드리면 내가 그 위에 올라타 '이랴이랴!'를 외친다. 그러면 아빠는 '히힝!' 소리를 내고 몸을 위아래로 흔들며 앞으로 기어간다. 아빠는 정말 말이 된 것처럼 말 흉내를 잘 내신다. 그래서 나는 아빠와 말타기 놀이를 할 때가 가장 신난다. ....

....

붙임 딱지 붙여요.

4주 내용별

03 주장 일기

20○○년 4월 ○일 일요일	날씨: 봄바람이 살랑살랑
제목: 도서관에서는 조용히!	

아침을 먹자마자 집 근처에 있는 도서관에 갔다. 오랜만에 가니까 새로운 책이 많이 있었다. 새 책들을 읽을 생각에 마음도 마구 들떴다.

그런데 6학년 형들이 계속 시끄럽게 떠들어서 책 읽기에 집중할 수가 없었다. 그래서 조용히 해 달라고 부탁을 하였다. 하지만 형들은 오히려 화를 내며 내게 눈을 부라렸다. 나는 결국 책을 제대로 읽지 못하고 집으로 돌아왔다.

도서관은 책을 보는 곳이다. 그런 곳에서 떠들면 다른 사람이 책을 읽는 데 방해가 된다. 나이가 많다고 해서 그걸 무시해도 되는 건 아니다. 오히려 형답게 조용히 책을 읽는 모습을 보여 주어야 한다. 앞으로는 형들이 본보기가 되어 주면 좋겠다.

1. 글쓴이가 오늘 도서관에서 겪은 일은 무엇인가요? (　　　)

① 떠든다고 형들에게 혼이 났습니다.

② 형들이 떠들어서 책을 읽지 못했습니다.

③ 보고 싶은 책이 없어 집으로 돌아왔습니다.

2. 이 일기에서 글쓴이가 하고 싶은 말(중심 생각)은 무엇인가요? (　　　)

① 도서관에 자주 가야 합니다.

② 도서관에서는 조용히 해야 합니다.

③ 도서관에 새 책이 많이 있어야 합니다.

논술 **3. 다음 일기를 읽고, 글쓴이가 하고 싶은 말(중심 생각)을 빈칸에 이어서 써 보세요.**

제목: 울음으로 끝난 공원 산책

엄마와 함께 동생을 데리고 공원에 산책을 갔다. 그런데 동생이 어디선가 날아온 공에 맞고 엉엉 울었다. 아프기도 했겠지만, 놀라서 더 많이 울었다.

공원은 많은 사람이 함께 이용하는 곳이다. 그런데 왜 공놀이처럼 다른 사람들에게 피해를 줄 수 있는 운동을 공원의 산책로 근처에서 하는지 모르겠다.

그래서 나는 ....

....

.... 생각했다.

4주

03 내용별 기행 일기

20○○년 8월 ○일 금요일	날씨: 찌는 듯한 더위
제목: 낙산사 여행	

가족들과 새벽에 여행을 떠났다. 속초에 도착하니 점심때가 다 되었다. 먼저 가족들이 머무를 민박집부터 구하였다. 방은 좁았지만, 바다가 보여서 마음에 쏙 들었다.

우리는 점심을 먹고 낙산사에 갔다. 절의 문은 연꽃 모양이었다. 엄마는 그 모양이 예쁘다고 하셨다. 나는 절의 모양이 신기했다. 약수터가 있어서 물을 마셔 보았더니 참 시원했다. 어두워지기 시작해서 우리 가족은 민박집으로 돌아왔다.

참 즐거운 하루였다. 어제 단짝 친구랑 다투어서 기분이 별로 좋지 않았는데 이렇게 기분이 쉽게 풀릴 줄 몰랐다. 여행 오길 잘한 것 같다.

이해력 1. 이 일기에서 글쓴이가 가족들과 함께 여행을 가서 구경한 곳은 어디인지 쓰세요.

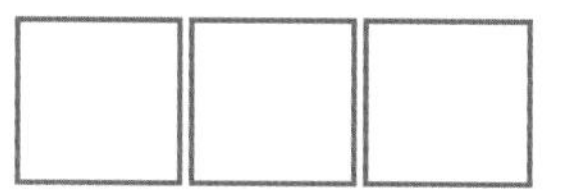

분석력 2. 다음은 글쓴이가 오늘 겪은 일을 시간의 흐름에 따라 정리한 것입니다. 빈칸에 들어갈 시간을 나타내는 말을 글에서 찾아 쓰세요.

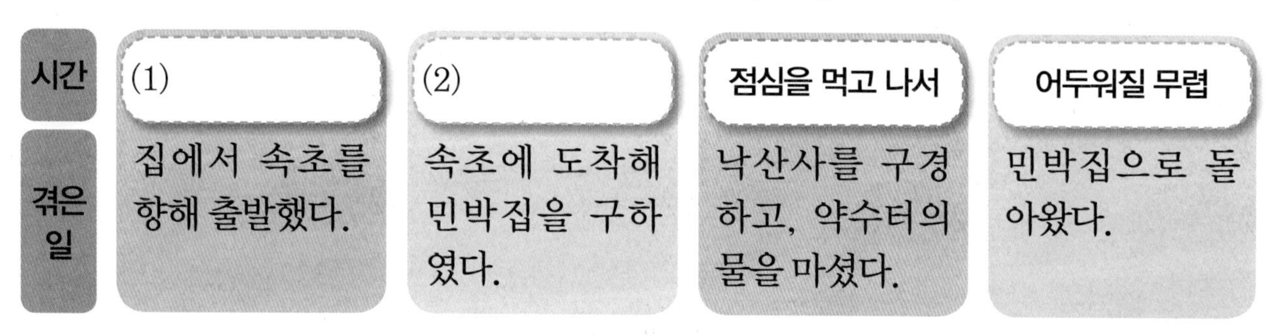

시간	(1)	(2)	점심을 먹고 나서	어두워질 무렵
겪은 일	집에서 속초를 향해 출발했다.	속초에 도착해 민박집을 구하였다.	낙산사를 구경하고, 약수터의 물을 마셨다.	민박집으로 돌아왔다.

3. 다음 일기를 읽고 일이 일어난 순서대로 빈칸에 써 보세요.

제목: 고모 댁 찾아가기

신사동 고모 댁으로 가려고, 오전 11시쯤 언니와 함께 집에서 나왔다. 지하철을 타고 12시쯤 신사역에 도착하였다. 우리는 역 앞에서 스티커 사진을 찍었다. 나는 이마만 나와서 우리는 배꼽을 잡고 웃었다. 12시 30분쯤 드디어 고모 댁에 도착했다. 고모께서는 무척 반가워하셨다. 언니랑 둘이서만 온 것은 처음이었는데 무척 즐거웠다.

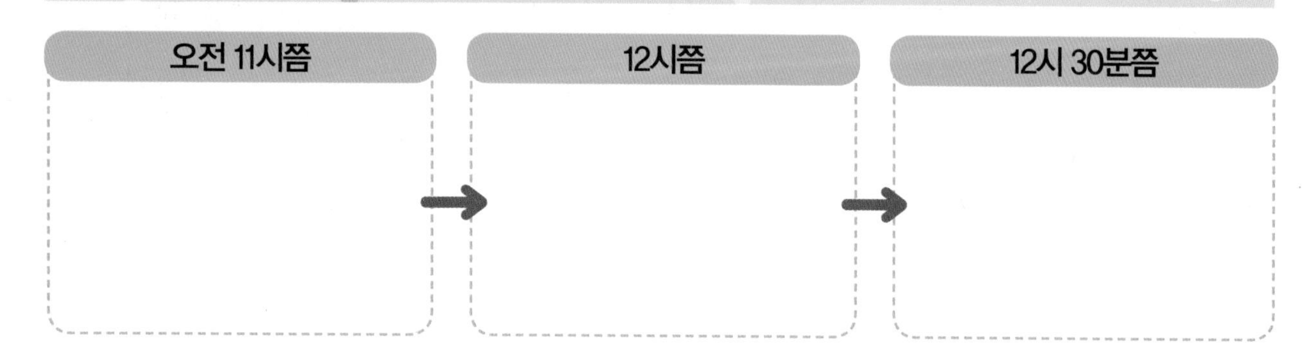

감상 일기

20○○년 1월 ○일 토요일	날씨: 바람 쌩쌩, 코는 시큰시큰
제목: '뮬란'을 보고	

사촌 동생의 집에서 '뮬란'이라는 만화 영화를 봤는데, 재미있다는 사촌 동생의 말을 듣고 예전부터 보고 싶었던 영화여서 시작하기 전부터 마음이 두근거렸다.

뮬란은 여자인데도 아버지를 위해 싸운 착한 사람이다. 어느 날, 전쟁이 시작되어 뮬란은 여자였지만 아버지 대신 칼과 갑옷을 입고 전쟁터로 나갔는데, 뮬란은 무술을 못해서 대장에게 꾸중을 들었다. 뮬란은 열심히 무술을 배우고 지혜를 발휘해서 나쁜 녀석과 싸워 나라를 구했다.

나는 이 만화 영화에서 나쁜 녀석과 싸우는 뮬란의 모습이 제일 멋있었다. 나도 뮬란처럼 용감한 사람이 되고 싶다.

1. 이 일기는 무엇을 보고 쓴 것인가요? (   )

① 연극　　　② 신문 기사　　　③ 만화 영화

분석력 **2. 글쓴이가 '뮬란'에서 가장 인상 깊게 본 것과 그것을 보면서 생각한 것을 찾아 줄로 이으세요.**

(1) 인상 깊게 본 것 •　　　　• ㉠ 용감한 사람이 되고 싶다.

(2) 생각한 것 •　　　　• ㉡ 나쁜 녀석과 싸우는 뮬란의 모습

3. 보기 와 같이 주어진 문장을 알맞은 길이로 나누어 써 보세요.

보기

사촌 동생의 집에서 '뮬란'이라는 만화 영화를 봤는데, 재미있다는 사촌 동생의 말을 듣고 예전부터 보고 싶었던 영화여서 시작하기 전부터 마음이 두근거렸다.

→

사촌 동생의 집에서 '뮬란'이라는 만화 영화를 봤다. 재미있다는 사촌 동생의 말을 듣고 예전부터 보고 싶었던 영화였다. 그래서 시작하기 전부터 마음이 두근거렸다.

어느 날, 전쟁이 시작되어 뮬란은 여자였지만 아버지 대신 칼과 갑옷을 입고 전쟁터로 나갔는데, 뮬란은 무술을 못해서 대장에게 꾸중을 들었다.

→

붙임 딱지 붙여요.

4주

내용별

04 독서 일기

20○○년 10월 ○일 토요일	날씨: 햇빛은 쨍쨍, 바람은 쌀쌀
제목: "내 짝꿍 최영대"를 읽고	

나는 오늘 "내 짝꿍 최영대"라는 책을 읽었다. 무척 슬픈 내용이었다.

3학년 4반에, 엄마가 없는 최영대라는 아이가 전학을 왔다. 반 아이들은 끊임없이 영대를 괴롭혔지만, 영대는 꾹 참았다.

2학기 때 3학년 전체가 경주에 가게 되었다. 밤이 되었는데 어디선가 방귀 소리가 났다. 선생님께서 누가 뀌었느냐고 물으시자 반장이 엄마 없는 굼벵이가 뀌었다고 대답했다. 영대는 울음을 터뜨렸다. 영대가 얼마나 속상했을까?

선생님께서는 친구를 괴롭히지 말라며 아이들에게 벌을 주셨다.

그다음부터 아이들은 영대에게 공부를 가르쳐 주었다. 공부가 잘되지 않는다고 영대가 울상을 지으면, 친구들이 엄마처럼 달래 주었다.

난 이 책을 읽고 친구와 사이좋게 지내야 한다는 것을 느꼈다.

이해력 **1. '엄마 없는 굼벵이'는 누구를 두고 한 말인가요? (　　　)**

① 반장　　　② 최영대　　　③ 담임 선생님

분석력 **2. 이 일기에서 글쓴이가 책을 읽고 생각하거나 느낀 점으로 알맞은 것을 모두 찾아 ◯표 하세요.**

(1) 친구들을 괴롭히고 싶다고 생각했습니다. (　　　)

(2) 엄마 말씀을 잘 들어야겠다고 생각했습니다. (　　　)

(3) 친구와 사이좋게 지내야 한다고 생각했습니다. (　　　)

(4) 친구들이 놀렸을 때 영대가 얼마나 속상했을까 생각했습니다. (　　　)

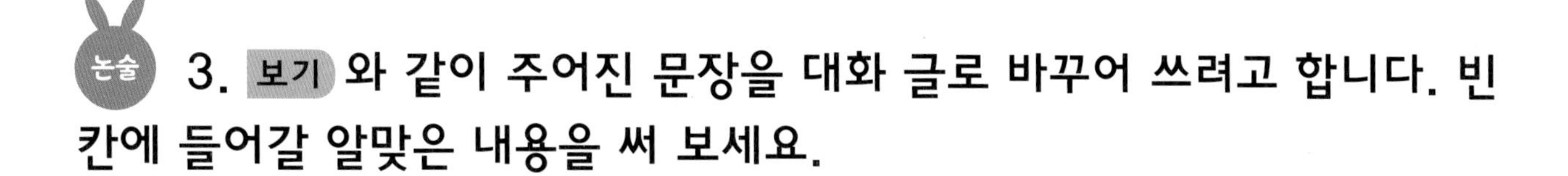

논술 **3. 보기 와 같이 주어진 문장을 대화 글로 바꾸어 쓰려고 합니다. 빈칸에 들어갈 알맞은 내용을 써 보세요.**

보기

선생님께서 누가 뀌었느냐고 물으시자 반장이 엄마 없는 굼벵이가 뀌었다고 대답했다.

→

"누가 뀌었냐?"
선생님께서 물으시자 반장이 대답했다.
"엄마 없는 굼벵이가 뀌었어요!"

공부가 잘되지 않는다고 영대가 울상을 지으면, 친구들이 엄마처럼 달래 주었다.

→

"　　　　　　　　　　"
영대가 울상을 짓자 친구들이 엄마처럼 달래 주었다.
"괜찮아. 넌 잘할 수 있을 거야."

04 관찰 일기

20○○년 4월 3일 금요일	날씨: 맑음
제목: (가)	

꽃밭에 나팔꽃 씨를 뿌린 지 삼 일 만에 드디어 싹이 나왔다.

처음 난 싹은 콩나물처럼 머리에 까만 모자를 뒤집어 쓴 채 고개를 푹 숙이고 있었다. 싹은 노란색이었다.

20○○년 4월 8일 수요일	날씨: 맑음
제목: (나)	

나팔꽃 씨를 뿌린 지 8일째 되는 날이다.

어제까지만 해도 떡잎*에 노란색이 더 많았는데, 오늘은 완전히 초록색이 되었다. 떡잎은 나비 날개처럼 두 장이 하나로 붙어 펼쳐진 모양이었다.

* **떡잎**: 씨앗에서 움이 트면서 처음으로 나오는 잎.

이해력 1. 이 일기는 어떤 식물이 자라는 과정을 관찰한 것인지 쓰세요.

분석력 2. 이 일기에 어떤 제목을 붙이면 좋을까요? 일기의 내용을 보고 (가)와 (나)에 알맞은 제목과 어울리는 그림을 찾아 줄로 이으세요.

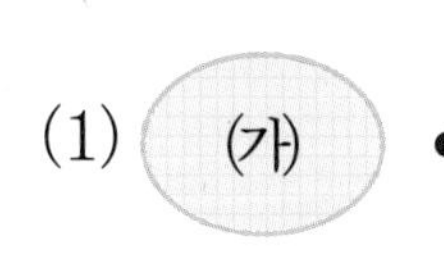

(1) (가) • • ① 싹이 나왔어요! • • ㉠

(2) (나) • • ② 초록색이 되었어요! • • ㉡

논술 3. 보기 와 같이 관찰한 내용에 자신의 느낌이나 생각을 덧붙여 써 보세요.

보기 싹은 노란색이었다.
→ 싹은 노란색이었다. 병아리처럼 귀엽고 사랑스러웠다.

떡잎은 나비 날개처럼 두 장이 하나로 붙어 펼쳐진 모양이었다.
→ 떡잎은 나비 날개처럼 두 장이 하나로 붙어 펼쳐진 모양이었다.

내용별

04 학습 일기

20○○년 8월 ○일 목요일	날씨: 하루 종일 축축
제목: 앞니 빠진 중강새	

학교에서 수업 시간에 '앞니 빠진 중강새'란 노래를 배웠다. 옛날 어린이들이 즐겨 부른 노래라고 하는데 부를수록 흥겨웠다.

전래 동요라서 그런지 노랫말이 신기했다. 난 노랫말만 보고 '중강새'가 새 이름인 줄 알았다. 그래서 '어, 새에게 이빨이 있나?' 하고 생각했다.

그런데 선생님께서 중강새는 '중간이 빈 사람'이나 '중간이 새었다'는 뜻일 거라고 설명해 주셨다. 노랫말을 보니, 아마도 앞니가 빠져 이의 중간이 새어 보이는 모습을 나타낸 것 같았다.

정말 재미있었다. 앞으로도 이렇게 재미있는 노래를 많이 배웠으면 좋겠다.

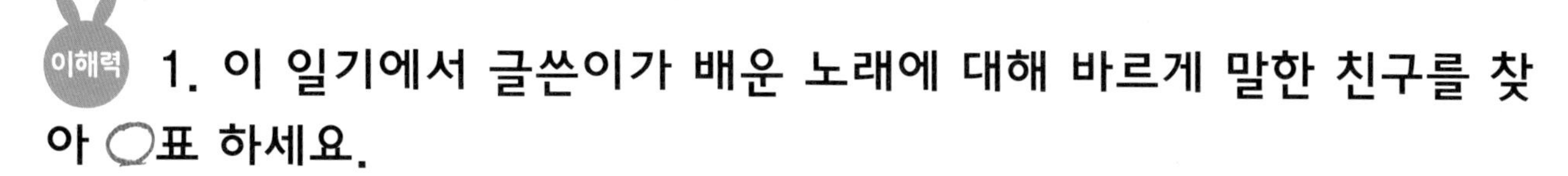

이해력 **1. 이 일기에서 글쓴이가 배운 노래에 대해 바르게 말한 친구를 찾아 ○표 하세요.**

(1) 이빨이 나 있는 특이한 새에 대한 노래야. (　　　)

(2) 선생님이 화내시는 모습을 나타낸 노래야. (　　　)

(3) 앞니가 빠져 비어 있는 사람에게 어울리는 노래야. (　　　)

분석력 **2. 이 일기에 나온 '옛날 어린이들이 즐겨 부른 노래'를 무엇이라고 하나요? (　　　)**

① 동시　　② 돌림 노래　　③ 전래 동요

논술 **3. 일기의 내용이 좀 더 자세히 드러나도록 주어진 문장을 보기 와 같이 자세하게 바꾸어 써 보세요.**

보기 정말 재미있었다. 앞으로도 이렇게 재미있는 노래를 많이 배웠으면 좋겠다.

→ 앞니가 빠진 얼굴을 떠올리며 불러 보니 정말 재미있었다. 앞으로도 이렇게 재미있는 노래를 많이 배웠으면 좋겠다.

정말 재미있었다. 앞으로도 이렇게 재미있는 노래를 많이 배웠으면 좋겠다.

→ ………………………………………… 정말 재미있었다. 앞으로도 이렇게 재미있는 노래를 많이 배웠으면 좋겠다.

붙임 딱지 붙여요.

어제 있었던 일을 일기로 써 보아요

1 어제 하루 동안 있었던 일을 시간의 흐름에 따라 간단히 써 보세요.

2 어제 하루 동안 있었던 일 중에서 가장 인상 깊었던 일은 무엇인지 그 까닭과 함께 써 보세요.

(1) 가장 인상 깊었던 일: ______

(2) 그 까닭: ______

3 일기를 실감 나게 쓰기 위한 다음 네 가지 방법 중에서, 어제 가장 인상 깊었던 일을 나타내기에 알맞은 방법을 한 가지 골라 써 보세요.

- 일이 일어난 순서대로 쓰는 방법
- 생김새, 색깔, 감촉 등을 자세히 관찰하여 쓰는 방법
- 일의 원인과 결과를 중심으로 쓰는 방법
- 일을 통해 느낀 감정을 중심으로 쓰는 방법

• 알맞은 방법: ______

4 어제 가장 인상 깊었던 일을 일기로 쓰려고 합니다. 쓸 내용을 다음 표에 간단히 정리하고, 알맞은 제목을 붙여 보세요.

날짜, 요일, 날씨	
겪은 일 (가장 인상 깊었던 일)	
그 일에 대한 생각이나 느낌	

제목:

5 정리한 내용을 바탕으로 일기를 써 보세요.

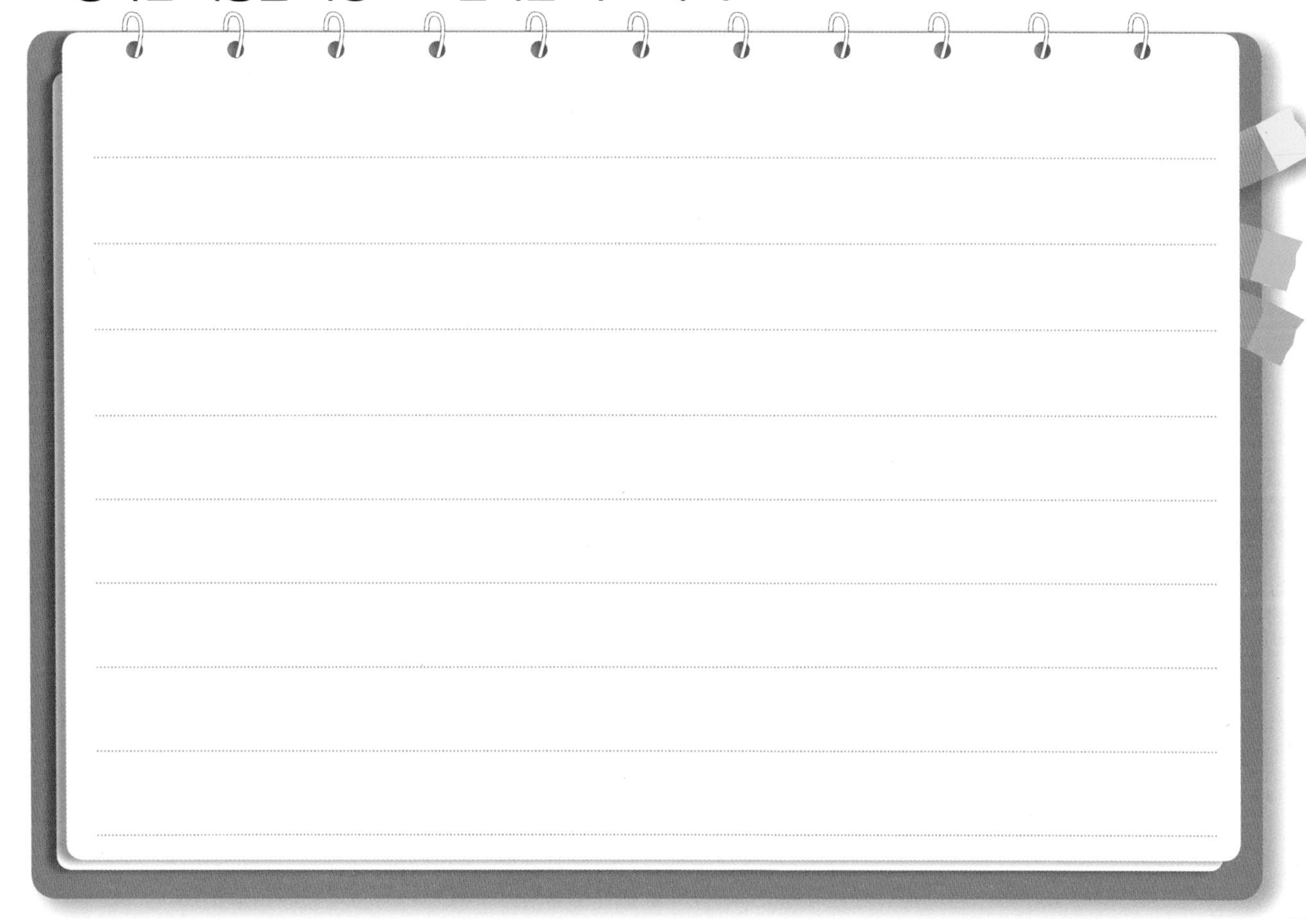

궁금해요

일기는 어떻게 쓸까요?

일기는 하루 동안 있었던 일 중에서 가장 쓰고 싶은 것을 골라, 자신의 느낌이나 생각과 함께 쓰는 글이에요. 기뻤던 일, 속상했던 일, 보람 있었던 일 또는 무엇을 관찰하거나 여행한 일 등 무엇이든지 일기의 글감이 될 수 있어요.

일기는 어떤 형식으로 되어 있나요?

1. 날짜와 요일을 씁니다.

2. 그날그날의 날씨를 씁니다.

3. 제목은 일기의 내용을 대표할 수 있어야 합니다. 주로 그날 겪은 인상 깊은 일이 드러나도록 씁니다.

4. 겪은 일 중에 인상 깊었던 일을 골라 솔직하게 씁니다.

5. 겪은 일에 대해 생각하거나 느낀 점, 다짐한 내용 등을 함께 씁니다.

20○○년 5월 ○일 목요일	날씨: 비가 잔뜩 쏟아진 날
제목: 내 친구 혁수	

혁수는 나의 단짝 친구이다. 슬플 때도 기쁠 때도 내 마음을 이해해 주는 친구는 혁수뿐이다.

셋째 시간이 끝나고 쉬는 시간에 혁수가 나에게 쪽지를 주었다.

'6월 1일에 나 전학 가. 어떡하지?'

나는 쪽지를 보고 깜짝 놀랐다. 조금 있다가 혁수가 또 쪽지를 주었다. 이번에는 '메롱!'이라고 적혀 있었다. 장난이라는 것을 알고 나는 안심이 되었다. 나도 '메롱! 메롱!'이라고 써서 혁수에게 주었다. 혁수는 내 쪽지를 보고 씩 웃었다.

혁수는 나를 재미있게 해 주려고 그런 장난을 친 것 같다. 앞으로도 혁수와 사이좋게 지내고 싶다.

일기는 날짜와 요일, 날씨를 쓰는 것 외에는 자유로운 형식으로 쓸 수 있어요.

일기는 어떻게 써야 하나요?

하루 동안 겪은 일을 떠올려 봅니다. → 인상 깊었던 일을 한 가지 고릅니다. → 쓸 내용을 간단히 정리합니다. → 일기를 실감 나게 씁니다. → 쓴 내용을 다시 읽고 다듬습니다.

일기를 잘 쓰려면 어떻게 해야 하나요?

- **글감을 하나 정합니다.**

오늘 내가 겪은 일 중 가장 쓰고 싶은 일을 찾는 것을 '글감 찾기'라고 해요. 글감이 많을 때는 한 가지만 골라 자세히 쓰는 것이 좋아요.

- **중심 생각이 잘 나타나도록 씁니다.**

'중심 생각'은 글쓴이가 어떤 일을 겪으면서 느낀 것 중에서 가장 중요한 생각을 말해요.

- **일이 일어난 순서대로 씁니다.**

일기를 쓰기 전에는 무엇을, 어떤 차례로 쓸지 계획을 세워야 해요. 일이 일어난 차례대로 쓰면, 쓴 일을 또 쓰는 등 내용이 뒤죽박죽 되는 것을 막을 수 있지요.

- **자세하게, 알맞은 길이로 씁니다.**

어떤 일을 겪었는지, 그리고 무엇을 느꼈는지 자세히 쓰는 것이 좋아요. 이어 주는 말을 이용하여 문장을 알맞게 끊어 쓰는 것도 중요해요.

- **대화 글과 생각을 많이 곁들여 씁니다.**

일기를 쓸 때 대화 글과 내 생각을 많이 담으면 더욱 생생한 글을 쓸 수 있어요.

독서 일기를 쓸 때는
내가 주인공이 되어
써 보는 것도 재미있어요.

일기를 쓰면 어떤 점이 좋을까요? 일기 쓰기의 좋은 점을 한 가지 써 보세요.

내가 할래요

재미있는 상상 일기를 써 봐요

'만약 내가 연예인이라면 매일 텔레비전에 나오니까 시골에 계신 할머니가 좋아하실 텐데…….', '만약 내가 바람이라면 세상 어디든 마음대로 여행을 다닐 거야!'
재미있는 상상의 세계 속에서는 누구든 될 수 있고, 무엇이든 할 수 있지요. 보기 와 같이 자유로운 주제로 상상하여 그림과 함께 재미있는 상상 일기를 써 보세요.

보기

주제: 만약 내가 태극기라면

수업이 끝나고 집으로 돌아오는 길에 운동장에서 펄럭이고 있는 태극기를 보았다. 내가 만약 태극기라면 어떤 마음일까?

내가 태극기라면 가만히 있고 싶어도 바람이 부는 대로 펄럭여야 하는 것이 싫을 것이다. 철봉이나 미끄럼틀은 아무리 바람이 불어도 끄떡도 하지 않으니까. 내 마음대로 움직이지 못하고 바람이 부는 대로 움직여야 하니까 답답하지 않을까?

지금 나는 내 마음대로 내 몸을 움직일 수 있다. 그래서 참 다행이란 생각이 들었다.

확인할 내용	잘함	보통임	부족함
1. 이번 주 학습을 5일(월요일~금요일) 안에 끝마쳤나요?			
2. 여러 일기를 읽고 내용과 주제를 잘 이해하였나요?			
3. 자신이 하루 동안 겪은 일을 정리할 수 있나요?			
4. 자신이 겪은 일을 바탕으로 일기를 쓸 수 있나요?			

4주 5일
학습 끝!

붙임 딱지 붙여요.

A단계 1권 정답 및 해설

1주 내가 해 볼래요!

1주 11쪽 생각 톡톡

예 혼자 옷을 입어야 합니다. / 혼자 책가방을 챙길 수 있어야 합니다.

1주 13쪽

1 (2) ○   2 ①   3 해설 참조

1 아인이는 꿈속에서 밥 먹고, 숙제하고, 머리 빗고, 양말을 신었습니다.

2 엄마는 아인이가 학교에 늦을까 봐 아인이를 깨우러 방에 들어왔습니다.

3

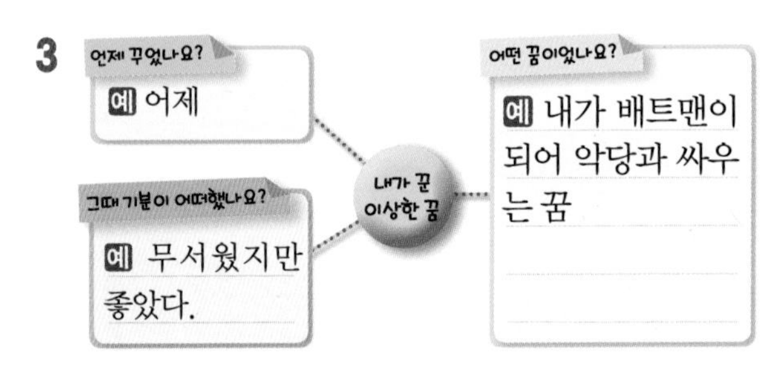

1주 15쪽

1 빈틈없다   2 ②, ③   3 해설 참조

1 '꼼꼼하다'는 빈틈이 없이 차분하고 조심스럽다는 뜻입니다.

2 이를 잘 닦으면 나쁜 세균들이 없어지고 입 냄새가 나지 않으며 충치가 생기지 않습니다. 또한 이가 깨끗하여 보기 좋습니다.

3 가족들의 특징을 떠올려 재미있는 별명을 지어 봅니다.

1주 17쪽

1 ③   2 (3) ○   3 예 형이 놀려도 잘 참을 수 있어서

1 "이젠 너 스스로 해도 될 나이야."라는 말 속에 아인이가 자기 일을 스스로 하지 않아서 못마땅한 형의 마음이 나타나 있습니다.

3 이야기의 앞뒤 흐름을 살펴 뜻을 짐작해 봅니다.

1주 19쪽

1 (1) ○   2 ③   3 예 나는 미끄럼틀이 좋아. 높은 데서 신나게 미끄러져 내려오는 느낌이 좋기 때문이야.

1 횡단보도를 건널 때에는 초록색 불이 켜져 있을 때 좌우를 살펴서 차가 오지 않나 확인하고 손을 들고 건넙니다.

2 액체 상태의 물이 굳으면 딱딱한 고체인 얼음이 되고, 데우면 뜨거운 기체인 수증기가 됩니다.

3 학교 운동장에서 놀이 기구를 재미있게 타 본 경험을 떠올려 봅니다.

1주 21쪽

1 ③ 2 공책, 연필 3 예 내 실력을 보여 주려고 했는데 이렇게 부러지다니…….

1 아인이가 넘어졌다 일어난 것을 용수철의 튀어 오르는 성질에 빗대어 표현하였습니다.

2 글씨를 쓸 때에는 의자에 바르게 앉아서 공책을 손으로 고정시키고, 연필을 바르게 잡고 씁니다.

3 부러진 연필들이 어떤 생각을 할지 자유롭게 상상하여 써 봅니다.

1주 23쪽

1 (1) 빵 (2) 밥 2 (2) ○ 3 예 세수하기 / 이 닦기 / 준비물 챙기기

1 사람을 대신해 주거나 일을 손쉽게 해 주는 기계를 알아봅니다. '연필깎이'는 연필을 깎아 주는 기계, '토스터'는 빵을 구워 주는 기계, '전기밥솥'은 쌀을 밥으로 만들어 주는 기계입니다.

2 '버럭'은 성이 나서 갑자기 기를 쓰거나 소리를 냅다 지르는 모양을 나타내는 말입니다.

3 내가 스스로 할 수 있는 일을 생각나는 대로 써 봅니다.

1주 25쪽

1 해설 참조 2 ① 3 예 스스로 하지 않은 일을 했다

1

3 아인이는 '이 닦기, 세수하기, 운동화 끈 묶기' 등을 했다고 거짓말을 했습니다.

1주 27쪽

1 (1) ○ 2 ③ 3 예 친구가 멋진 풍경을 종이 위에 그려 내는 모습이 요술처럼 신기했습니다.

2 아인이는 식구들이 무엇이든 대신 해 주는 것이 편하기는 하지만 걱정이 된다고 하였습니다.

3 불가능하거나 어렵다고 생각한 일이 쉽게 이루어질 때 '요술 같다.'고 표현합니다.

1주 29쪽

1 ① 2 (1) ○ 3 예 과일 깎기 / 무거운 것 들기

1 알림장에는 준비물과 숙제를, 일기장에는 하루 동안 있었던 일을, 독서 기록장에는 책을 읽은 생각이나 느낌을 적습니다.

3 가족들이 나에게 혼자 하지 못하도록 하는 일이 무엇인지 되돌아보고, 그 까닭도 생각해 봅니다.

1주 31쪽

1 참말 2 (3) ○ 3 예 동전

1 아인이는 부풀어 오른 코를 보고 민수의 말을 참말처럼 느꼈습니다. '참말'은 '사실과 조금도 틀림이 없는 말'을 뜻합니다.

2 욕실은 목욕과 용변, 세수, 양치 등을 하는 곳입니다. 음식을 차려서 먹는 일은 부엌이나 방에서 하는 것이 적당합니다.

3 매우 놀라서 눈이 동그랗고 크게 커진 모양을 빗대어 표현하기에 적당한 사물을 생각해 봅니다.

1주 33쪽

1 ② 2 예 (1) 엉금엉금 (2) 껑충껑충
3 예 아인아, 처음에는 혼자서 아무것도 못 하는 네가 한심해 보였어. 그런데 이렇게 스스로 해내는 모습을 보니 무척 기뻐. 나도 아직 나 혼자 하지 못하는 일이 많지만 너처럼 혼자서도 잘하는 사람이 될 거야.

1 아인이는 스스로 해낸 것이 뿌듯하고 자랑스러워서 훨훨 날아갈 듯 가벼운 기분으로 학교에 갔습니다.

2 '빙그레'는 입을 약간 벌리고 소리 없이 부드럽게 웃는 모양을 흉내 내는 말입니다. 기어가거나 뛰는 모양을 흉내 내는 말을 찾아 넣어 봅니다.

1주 35쪽

1 해설 참조 2 예 아인이는 스스로 연필도 잘 깎고 친구들도 열심히 도와주어 선생님에게 칭찬을 받았습니다.

1 교통 표지판은 보행자와 운전자들이 안전하게 교통 생활을 할 수 있도록 해 주는 표시입니다.

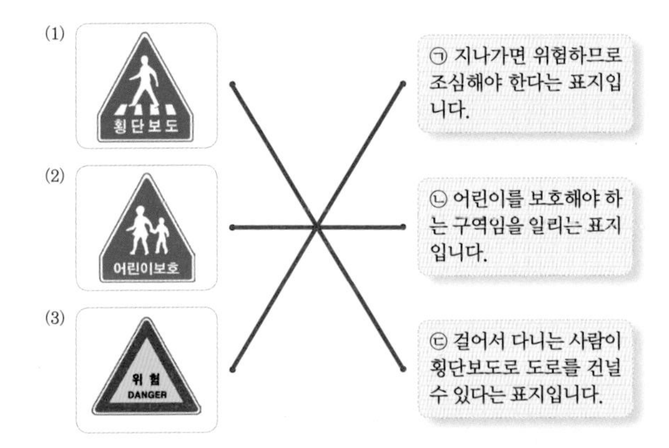

2 아인이가 스스로 잘하게 된 모습들을 써야 이야기 흐름에 맞고 자연스럽습니다.

1주 36~37쪽 되돌아봐요

1 해설 참조 2 해설 참조 3 (5), (2), (3), (6), (4), (1) 4 예 (1) 도움 천사 아인이 (2) 아인이가 스스로 하지 못하는 친구들을 잘 도와주게 되어서

1 가족은 부부와 같이 결혼해서 맺어지거나, 부모와 자식 사이처럼 혈연관계로 맺어진 집단을 말합니다. 송이는 아인이가 학교에서 만난 친구입니다.

2 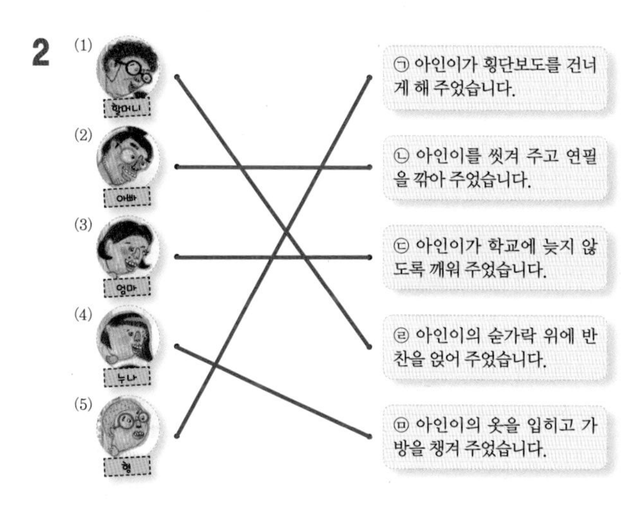

3 이 이야기는 가족들의 도움을 받으며 생활했던 아인이가 자신이 해야 할 일을 스스로 하는 친구들을 보고 자신도 그렇게 하게 된다는 내용을 담고 있습니다. 이와 같은 내용이 자연스럽게 이어지도록 순서를 써 봅니다.

4 스스로 잘하게 된 아인이의 생활을 담은 제목과 그에 맞는 까닭을 써 봅니다.

1주 39쪽 궁금해요

예 (1) 세수하기 / 옷 입기 (2) 준비물 챙기기 / 숙제하기

● 스스로 잘할 수 있는 일과 못하거나 하지 않는 일은 무엇이 있는지 점검하여 나의 생활을 반성해 봅니다.

1주 41쪽 내가 할래요

● 예시 그림 생략(40쪽 참조)

● 책상 서랍을 스스로 정리해 보고, 그 모습을 그려 봅니다.

2주 탈무드로 알아보는 스스로 하는 힘

2주 43쪽 생각 톡톡

예 "삼국유사" / "목민심서"

2주 45쪽

1 (2) ○ 2 자유 3 예 "너무 기뻐서 심장이 두근두근 뛰어."

3 노예의 마음속은 기쁨과 희망으로 가득 차 있을 것입니다. 이와 같은 마음이 잘 드러나도록 표현해 봅니다.

2주 47쪽

1 (1) ○ 2 널빤지 3 예 삼촌은 사업에 실패하여 빈털터리가 되었지만 용기를 잃지 않았습니다.

1 '폭풍우'는 몹시 세찬 바람이 불면서 쏟아지는 큰비입니다. 폭풍우로 인해 집과 건물이 무너지고, 산사태가 나기도 합니다.

2 그림처럼 '판판하고 넓게 켠 나뭇조각'을 '널빤지'라고 합니다.

3 재산을 모두 잃어 가진 것이 아무것도 없는 상태를 가리키는 낱말인 '빈털터리'에 어울리는 문장을 만들어 봅니다.

2주 49쪽

1 예 드디어 우리가 기다리던 새로운 왕이 나타났다! 2 ② 3 예 사람이 살지 않아 무섭고 외로울 것입니다. / 밤만 계속되는 어두운 모습일 것입니다.

1 폭풍우를 만나 배를 잃고, 먹을 것을 찾기 위해 섬을 돌아다니던 노예는 섬에 사는 이들을 만나게 되었습니다. 노예를 본 섬사람들은 왕이 나타났다며 기뻐했습니다.

2 섬사람들은 1년에 한 번씩 살아 있는 사람을 왕으로 모신다고 하였습니다.

3 '죽음의 섬'에서 '죽음'이라는 낱말이 어떤 뜻일지 생각해 봅니다.

2주 51쪽

1 ① 2 해설 참조 3 예 지금 나쁜 규칙을 바꾸어 1년 뒤에 죽음의 섬에 가지 않을 것입니다.

1 왕이 된 노예는 하루 종일 일도 하지 않고, 남이 만들어 준 음식을 먹고, 편하게 자며 생활했습니다.

2 '일구다'는 논밭을 만들기 위하여 땅을 파서 일으킨다는 뜻이고, '심다'는 초목의 뿌리나 씨앗 따위를 흙 속에 묻는다는 뜻입니다.

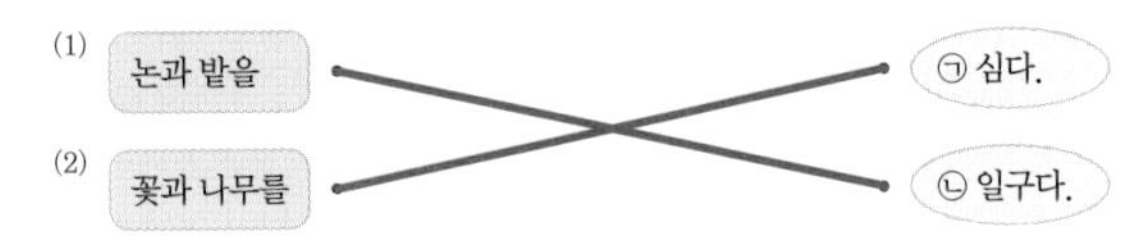

2주 53쪽

1 ② 2 어느 틈에 3 예 우리와 약속한 것을 지켜 주셔야 합니다. 이제 그만 떠나 주십시오.

1 1년은 365일, 열두 달이며, 우리나라는 1년 동안 사계절이 지납니다.

2 '어느새'는 '어느 틈에'라는 뜻입니다.

3 살아 있는 사람을 1년 동안 왕으로 받아들이고, 그 뒤에는 죽음의 섬으로 떠나 보내는 규칙을 지키는 섬사람들의 입장이 되어 써 봅니다.

2주 55쪽

1 ① 2 ① 3 예 행복의 섬 / 생명의 섬

1 1년 동안 열심히 섬을 가꾼 노예의 노력 덕분에 살기 좋은 섬으로 바뀐 죽음의 섬 모습과 어울리지 않는 것을 찾아봅니다.

2 '흥청망청'은 흥에 겨워 마음대로 즐기거나, 돈이나 물건 따위를 마구 쓰는 모양을 가리키는 말입니다.

3 꽃과 나무가 자라고, 곡식이 무르익는 풍요로운 섬에 어울리는 이름을 생각해 봅니다.

2주 56~57쪽 되돌아봐요

1 (5), (1), (4), (2), (6), (3) 2 (1) 빈털터리, 죽음 (2) 왕, 섬 3 ② 4 해설 참조

1 '왕이 된 노예'는 자유로운 신분이 된 노예가 폭풍우를 만나 영혼들이 사는 섬에 도착하고, 1년 뒤를 대비해 '죽음의 섬'을 잘 가꾸어 살기 좋게 만든다는 내용입니다. 일이 일어난 순서대로 번호를 써 봅니다.

2 '왕이 된 노예' 이야기를 다시 떠올려 보고, 빈칸에 알맞은 낱말을 넣어 봅니다.

3 자유를 얻어 항해를 떠난 노예는 폭풍우에 배를 잃고 겨우 목숨을 건졌습니다. 노예는 영혼들이 사는 섬에서 왕이 되었지만, 1년 뒤 '죽음의 섬'으로 떠나야 하는 자신의 처지를 알고 스스로 '죽음의 섬'을 열심히 가꾸어 '살기 좋은 섬'으로 만들었습니다.

예 진정 자신을 사랑한 분께
안녕하세요. 위기의 상황에서도 침착하게 앞날을 준비한 모습이 정말 멋져요. 이야기를 읽으며 스스로 자신의 삶을 꾸려 나가야 한다는 것을 배웠어요. 정말 고마워요.
20○○년 ○○월 ○○일

서진이 올림

2주 59쪽

1 ③, ④ 2 예 자동차, 외할머니 댁, 강원도
3 예 아들이 지혜롭기를 원해서 / 아들에게 스스로 하는 힘을 길러 주기 위해서

1 '숨을 거두다'라는 말은 '죽다'와 같은 뜻으로 쓰이는 말입니다.

2 '여행'은 일이나 구경을 목적으로 다른 고장이나 외국에 가는 일을 뜻합니다. 여행이란 말을 듣고 떠오르는 물건이나 생각들을 자유롭게 써 봅니다.

3 아버지의 마음이 되어 유언의 의미를 곰곰이 생각해 봅니다.

2주 61쪽

1 (1) ○ 2 ③ 3 예 집집마다 찾아가 물어봅니다.

1 '장례'는 죽은 사람을 땅에 묻거나 화장하는 것을 말합니다. 장례식은 장례를 치르기 전에 하는 의식입니다.

2 마을은 주로 시골에 여러 집들이 모여 사는 곳으로, 집보다는 크고 나라보다는 작은 곳을 가리킵니다.

2주 63쪽

1 ① 2 해설 참조 3 예 마을에 며칠 전에 장례를 치른 집이 또 있을 수도 있습니다. / 나무장수가 장례를 치른 집을 모를 수도 있습니다.

1 '숯'은 나무를 숯가마에 넣어 구워 낸 검은 덩어리입니다.

2 '장수'는 장사하는 사람을 말하고, '장사'는 이익을 얻으려고 물건을 파는 일을 말합니다.

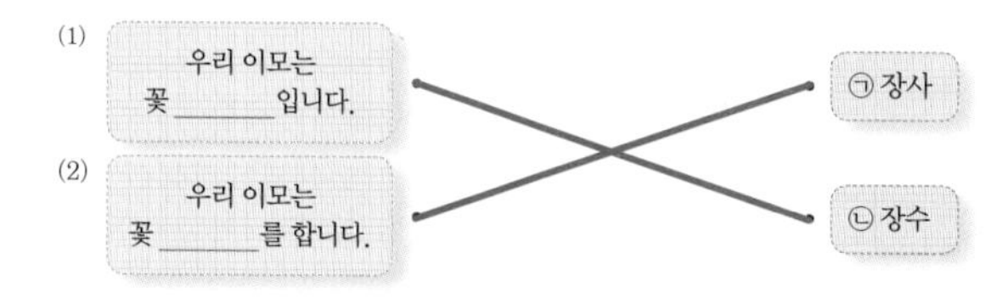

3 나무장수가 가지고 있는 나무를 몽땅 산 점, 나무장수만 믿고 장례를 치른 집으로 나무를 가져다 달라고 한 점 등에서 문제점을 찾아봅니다.

2주 65쪽

1 6, 5 2 (2) ○ 3 예 다른 사람은 두 명이 한 마리를 먹는데, 나그네의 아들은 혼자서 두 마리를 먹게 되므로 불공평한 방법입니다. / 음식을 준비한 사람이나 오리값을 낸 사람이 더 많이 먹는 것이 옳기 때문에 현명한 방법이 아닙니다.

2 빛깔이 붉은 '볏'은 이마 위에 세로로 붙은 살 조각으로, 닭에게는 있지만 오리에게는 없습니다.

3 나그네의 아들이 오리를 나눈 방법에 문제점은 없는지 생각해 봅니다.

2주 67쪽

1 ① 2 ③ 3 예 맛있는 닭볶음탕을 만들어 공평하게 나누어 먹을 것입니다.

1 "저는 제가 타고 온 배와 비슷하게 생긴 몸통을 가진 것입니다."라는 나그네 아들의 말에서 나그네 아들이 이용한 교통수단이 '배'라는 것을 알 수 있습니다.

2 '머리'는 동물이나 사람의 신체 중에서 맨 윗부분을 뜻합니다. 머리카락이라는 뜻으로 쓰인 '머리'와 구별해야 합니다.

3 닭 한 마리를 일곱 명이 나누어 먹을 수 있는 방법을 생각해 봅니다.

2주 68~69쪽 되돌아봐요

1 해설 참조 2 (1) ○ (2) X (3) ○ (4) X
3 (1) 나무장수 (2) 아들 (3) 머리, 다리, 날개
4 예 책, 아들에게 재물보다 귀한 지혜를 주려고

1 나그네의 아들이 한 현명한 행동은 나무를 사서 아버지의 시신이 있는 집을 찾은 일, 식사 시간에 오리 다섯 마리와 닭 한 마리를 나름의 까닭을 들어 나눈 일입니다.

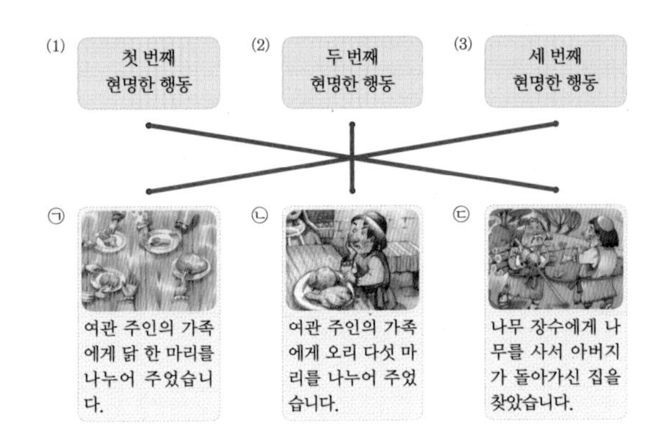

4 나그네가 아들의 현명함을 시험한 까닭이 무엇인지 생각해 보고, 그에 따른 대가로 적당한 물건은 무엇일지 생각해 봅니다.

2주 70~71쪽 궁금해요

1 예 유대인들의 지혜를 배울 수 있습니다. 2 예 게으름을 피우면 훗날 더 고생을 한다는 뜻입니다.

1 "탈무드"는 유대인의 지혜와 교육을 엿볼 수 있는 책입니다.

2 날마다 꾸준히 공부하는 습관이 얼마나 값진 것인지를 보여 주는 명언입니다.

2주 73쪽 내가 할래요

● 예 단춧구멍은 단추와 함께 있을 때 외롭지 않대요. 단춧구멍이 외롭지 않도록 단추를 끼워 보세요. 그리고 신발을 바르게 신지 않으면 걸을 때 불편할 거예요. 발에 꼭 맞는 쪽이 어디인지 이리저리 신어 보세요. 지금은 조금 서툴더라도 자꾸 해 보면 점점 잘할 수 있을 거예요.

● 자신이 할 일을 스스로 하지 않는 그림 속의 아이에게 어떤 말을 해 주면 도움이 될지 생각하여 써 봅니다.

3주 우리도 스스로 잘 살아요

3주 75쪽 생각 톡톡

예 물이 적어서 목이 마르기 때문입니다.

3주 77쪽

1 (2) ○ (3) ○ (4) ○ 2 ①, ③ 3 예 장미, 소나무

1 광합성은 햇빛, 물, 이산화 탄소를 이용해 양분을 만드는 식물의 활동을 가리킵니다.

2 기생 식물은 스스로 양분을 만들어 내지 못하고 다른 식물에 붙어서 사는 식물로 '새삼', '겨우살이'가 대표적입니다.

3주 79쪽

1 ② 2 ① 3 (1) 뾰족하게 변해 가시가 되었습니다. (2) 매우 통통합니다.

1 사막은 해가 떠 있는 낮 동안에는 기온이 30도를 웃돌지만, 밤에는 0도까지 떨어집니다. 그리고 강한 모래바람이 붑니다.

2 '건조하다'는 것은 물기나 습기가 말라서 없다는 뜻입니다. 장마철은 비가 많이 내려서 습기가 많습니다.

3 선인장은 몸속의 물을 내보내지 않기 위해 잎은 뾰족하게 변해 가시가 되고, 줄기는 물을 저장하기 위해 통통해졌습니다.

3주 81쪽

1 (2) ○ 2 해설 참조 3 예 목도리와 장갑

1 남극의 기온이 북극보다 낮다고 하였습니다. 황제펭귄은 남극에 살고, 북극곰은 북극에 삽니다.

2
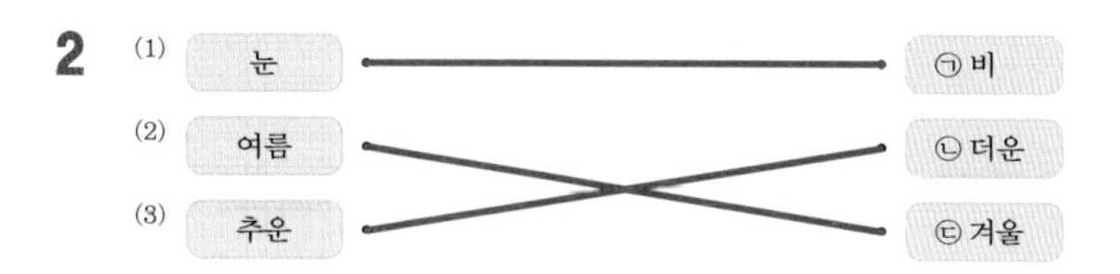

3 남극이 매우 춥다는 것을 생각하여, 겨울철에 필요한 물건을 떠올려 봅니다.

3주 83쪽

1 해설 참조 2 번식 3 예 (1) 바람을 타고 날아가는 방법 (2) 하늘을 날아 새로운 곳으로 여행을 할 수 있기 때문입니다.

1
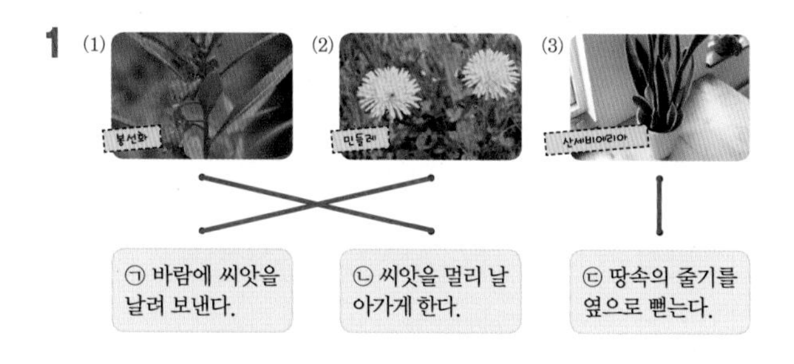

3주 85쪽

1 해설 참조 2 예시 그림 생략(해설 참조) 3 예 미안해. 나는 양분이 부족해서 너를 잡아먹어야 살 수 있단다.

1
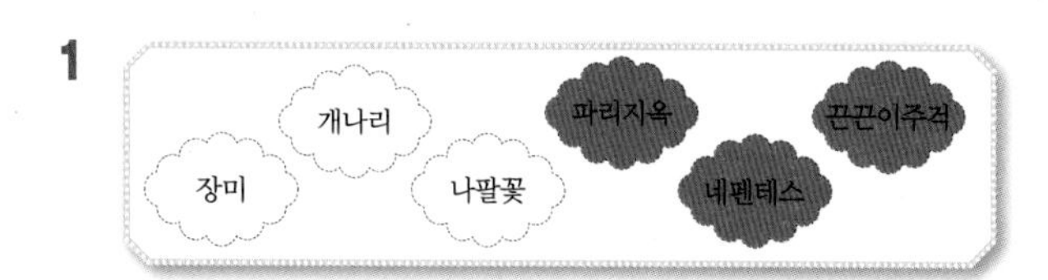

2 재미있고 무시무시한 벌레잡이 식물의 모양을 상상하여 그려 봅니다.

3 벌레를 잡아먹는 벌레잡이 식물이 되었다고 상상해 봅니다.

3주 87쪽

1 ③ 2 잎, 쓴 3 예 다른 사람에게 전화를 합니다. / 크게 소리를 지릅니다.

2 기린이 아카시아잎을 먹다가 5분 정도가 지나면 잎에서 쓴맛이 나서 아카시아잎을 먹지 못한다고 하였습니다.

3 사람은 어떤 방법을 통해 다른 사람들에게 위험을 알리는지 생각해 봅니다.

3주 88~89쪽 되돌아봐요

1 해설 참조 2 해설 참조 3 해설 참조

1

2
예 파리지옥에게
글을 읽기 전에는 너를 불쌍한 곤충들을 잡아먹는 무시무시한 식물이라고만 생각했어. 그런데 스스로 양분을 보충하기 위한 것이라니, 참 대단하구나. 여진이가

3

3주 91쪽

1 (2) ○ 2 ② 3 예 자연환경을 보호하기 위해 종이컵을 쓰지 않겠습니다.

1 더운 곳에 사는 사막여우가 북극여우보다 귀가 큰 것처럼, 더운 곳에 사는 아프리카코끼리가 아시아코끼리보다 귀가 큽니다.

2 자연환경은 '인간 생활을 둘러싸고 있는 자연계의 모든 요소가 이루는 환경'으로, 산, 강, 바다, 동식물 등을 가리킵니다.

3 자연환경을 보호하기 위해 생활 속에서 실천할 수 있는 방법을 생각하여 씁니다.

3주 93쪽

1 ① 2 ② 3 예 혹, 지방을 저장해 두는 것이 부럽기

2 낙타는 소변이나 대변을 통해 내보내는 물의 양이 적고, 땀을 별로 흘리지 않으며, 한꺼번에 물을 많이 마실 수 있습니다.

3 낙타만의 독특한 생김새인 혹, 눈썹, 코 등을 떠올려 봅니다.

3주 95쪽

1 ①, ②, ③ 2 (1) ○ (2) X (3) ○ 3 예 나는 높은 산의 꼭대기에 살고 싶습니다. 아주 높은 곳에서 세상을 보면 어떻게 보일까 궁금하기 때문입니다.

3 곰벌레는 사람이 살기 어려운 환경에서도 살 수 있는 동물입니다. 곰벌레와 같은 생존력이 있다면 어떤 곳에서 살아 보고 싶은지 생각해 봅니다.

3주 97쪽

1 ② 2 ③ 3 예 꼬리를 자르면 무척 아플 텐데, 그래도 위험에서 벗어나기 위해 용감하게 꼬리를 자르는 네가 참 멋져.

1 도마뱀은 천적을 만났을 때 꼬리를 잘라 스스로를 보호합니다.

3 꼬리를 잘라 스스로를 보호하는 도마뱀의 이야기를 읽고 느낀 점을 담아 써 봅니다.

3주 99쪽

1 ② 2 ③ 3 혜준, 지진이 났을 때 무작정 집 밖으로 뛰어나오는 일은 위험하기 때문입니다.

3 지진이 나면 방석이나 옷으로 머리를 보호하고 책상이나 식탁 밑에 숨어 있어야 합니다. 겁에 질려 집 밖으로 뛰어나오는 일은 위험할 수 있습니다.

3주 100~101쪽 되돌아봐요

1 낙타 2 해설 참조 3 해설 참조

2 곰벌레는 산소가 없어도 살고, 새롭게 자라는 도마뱀 꼬리는 자를 수 없고, 추운 북극에서도 북극여우나 북극곰과 같은 동물들이 삽니다.

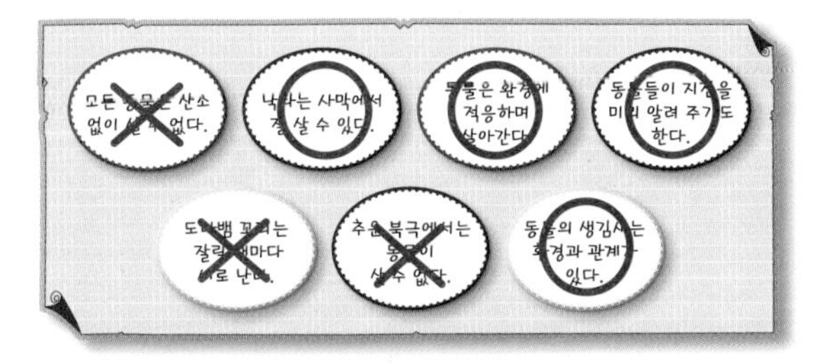

3

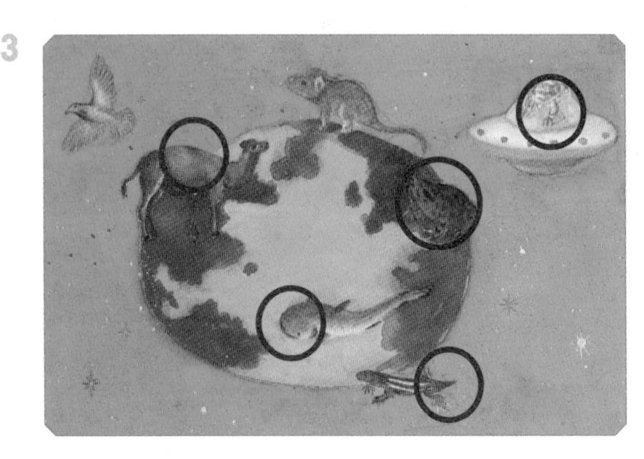

3주 102쪽 궁금해요

예 내가 살아가는 데 꼭 필요한 것은 공기입니다. 공기가 없으면 숨을 쉴 수 없기 때문입니다.

3주 105쪽 내가 할래요

- 보기 참조

- 글의 내용을 돌이켜 보고 인상 깊었던 생물을 골라, 그 생물의 생김새와 특징을 친구가 알 수 있도록 소개하는 글을 써 봅니다.

4주 일기를 써 봐요

4주 106쪽 생각 톡톡

예 친구 집에 놀러 갔다가 장난감을 두고 왔는데, 친구가 밤늦게 가져다준 일

4주 109쪽

1 해설 참조 2 (2) ○ 3 예 (1) 2020년 1월 2일 목요일, 음력 2019년 12월 8일 목요일 (2) 바람, 바람이 쌩쌩 불어 코가 시큰시큰

1 그림일기에는 날짜와 요일, 날씨, 그림, 글(있었던 일, 생각이나 느낌)이 들어갑니다.

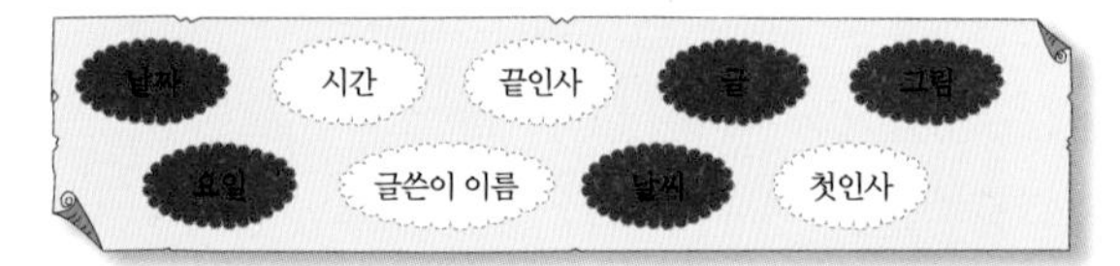

2 이 그림일기는 동생의 생일을 맞이하여 선물을 샀다는 인상 깊은 일을 중심으로 쓴 것입니다.

3 날씨를 다르게 나타낼 때는 날씨를 다른 것에 빗대어 나타내거나 흉내 내는 말을 활용하면 더욱 색다르고 재미있게 나타낼 수 있습니다.

4주 111쪽

1 해설 참조 2 (1) ○ 3 예시 답안 생략

1

2 하루 동안 있었던 일 중, 2반과의 축구 시합과 그에 대한 생각을 나타내었습니다.

3 그림일기를 참고하여, 자신이 오늘 겪은 일 중 가장 인상 깊었던 일을 한 가지 골라 그 일을 잘 드러내는 그림을 그려 봅니다.

4주 113쪽

1 (1) ○ 2 ① 3 해설 참조

1 이 그림일기에는 글쓴이가 아침에 겪은 일이 자세히 나타나 있습니다.

2 글쓴이는 삐뚤빼뚤 못생긴 김밥이지만 거기에 엄마의 사랑이 있다고 생각하였습니다.

3 기분 좋은 일, 자랑스러운 일, 실수한 일, 속상한 일 등 일기에 쓸 수 있는 내용은 매우 다양합니다. 하루 동안 겪은 일을 떠올려 보고, 그중 가장 인상 깊었던 일을 일기의 글감으로 삼으면 됩니다.

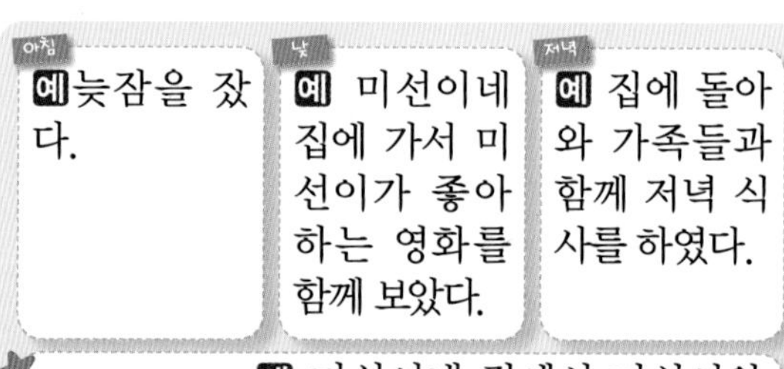

4주 115쪽

1 ② 2 ③ 3 예 (1) 생일 선물을 받은 일 (2) 일을 겪으면서 느낀 감정을 중심으로 쓰는 방법

1 이 글은 애련이가 민석이에게 쓴 편지 형식의 일기입니다. 아픈 민석이를 걱정했던 애련이의 마음과 남다른 우정이 나타나 있습니다.

2 이 일기에는 어제부터 오늘까지 시간 순서대로 일어난 일과 민석이를 걱정하다가 안심하게 된 애련이의 마음이 잘 나타나 있습니다.

3 오늘 가장 인상 깊었던 일이 무엇인지 떠올려 보고, 그 일을 실감 나게 표현하기 위한 방법을 찾아봅니다.

4주 117쪽

1 (1) ③, ④ (2) ②, ⑥ 2 예 오늘은 추석, 할머니 댁으로! 3 예 난 눈싸움이 좋아!

1 길이 막혀 한숨을 쉰 사람은 아빠와 엄마이고, 글쓴이는 할머니 생각에 기분이 좋고 길이 막혀도 마음이 들뜬다고 하였습니다.

2 글쓴이의 생각을 잘 나타낼 수 있는 새로운 제목을 써 봅니다.

3 있었던 일이나 그 일에 대한 생각이 잘 드러나게 제목을 붙여 봅니다.

4주 119쪽

1 해설 참조 2 ② 3 예 난 참 운이 좋은 것 같다. 날 위해 신나게 말이 되어 주시는 아빠가 계시니 말이다. 아빠, 정말 고맙습니다.

1 이 일기는 도서관에 간 일, 받아쓰기 공부한 일, 아빠와 말타기 놀이한 일의 세 가지 글감으로 쓴 것입니다.

2 아빠가 정말 말이 된 것처럼 말 흉내를 잘 내기 때문에 아빠와 말타기 놀이를 할 때 가장 신난다고 하였습니다.

3 아빠와 말타기 놀이를 할 때 어떤 생각이나 느낌을 떠올렸을지 덧붙여 써 봅니다. 여러 가지 글감보다 한 가지 글감으로 일기를 쓸 때 좀 더 자세하고 생생하게 쓸 수 있습니다.

4주 121쪽

1 ② 2 ② 3 예 공놀이는 운동장이나 공터에서 하여야 한다고 / 공원에서는 다른 사람에게 피해가 가지 않도록 조심해서 행동하여야 한다고

2 '중심 생각'이란 글쓴이가 어떤 일을 겪으면서 느낀 것 중에서 가장 중요한 생각을 말합니다. 이 일기는 글쓴이의 하고 싶은 말(주장)이 잘 드러나 있는 주장 일기이므로 글쓴이의 주장이 중심 생각이 됩니다.

3 주장 일기를 쓸 때에는 글감을 한 가지 정해 중심 생각이 잘 나타나도록 써야 합니다. 공원에서 겪은 일에 대해 글쓴이가 말하고 싶은 것은 무엇인지 앞의 내용을 통해 알아보고, 이어질 내용을 써 봅니다.

4주 123쪽

1 낙산사 2 (1) 새벽 (2) 점심때 3 해설 참조

1 글쓴이가 가족들과 함께 여행 간 곳은 낙산사입니다. 이렇게 나들이한 일을 글감으로 쓴 일기를 '기행 일기'라고 합니다.

2 기행 일기를 때에는 시간과 장소가 바뀐 차례대로 쓰는 것이 좋습니다. 본 것만 쓰지 말고 이 일기처럼 자신의 느낌을 곁들여 쓰는 것이 좋습니다.

3 일기는 일이 일어난 차례대로 쓰는 것이 좋습니다. 그래야 일기 내용이 뒤섞이거나 쓴 내용을 다시 쓰는 일을 막을 수 있습니다.

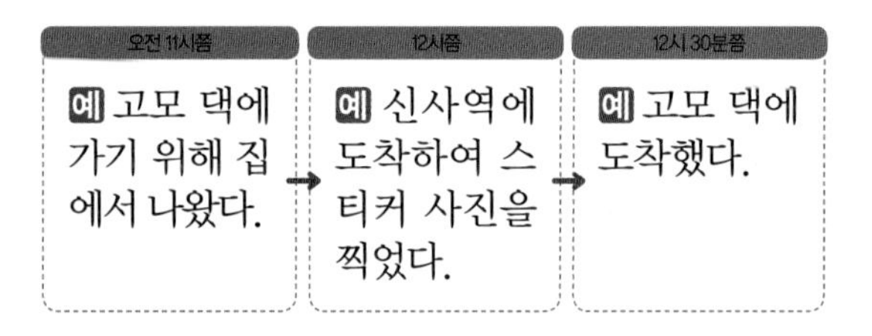

4주 125쪽

1 ③ 2 해설 참조 3 예 어느 날, 전쟁이 시작되었다. 뮬란은 여자였지만, 아버지 대신 칼과 갑옷을 입고 전쟁터로 나갔다. 그런데 뮬란은 무술을 못해서 대장에게 꾸중을 들었다.

1 이 일기는 '뮬란'이라는 만화 영화를 보고 쓴 것입니다. 이렇게 영화나 공연 등을 보거나 듣고 쓰는 일기를 '감상 일기'라고 합니다.

2 영화나 연극, 드라마, 뮤지컬 등을 보고 감상 일기를 쓸 때에는 줄거리를 간추려 쓴 다음 가장 인상 깊었던 부분을 소개합니다. 그리고 생각이나 느낌을 곁들여 쓰면 됩니다.

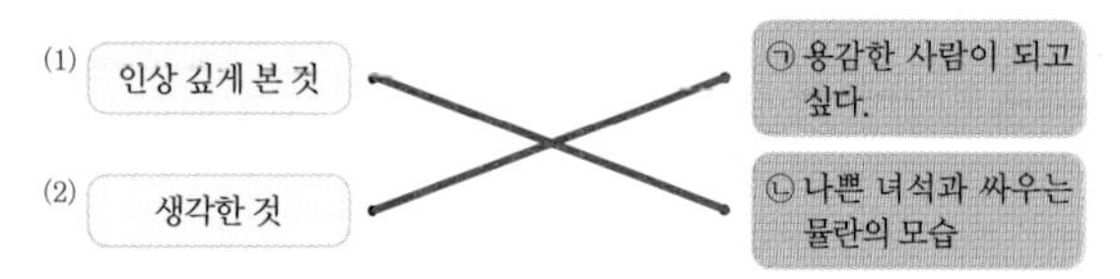

3 문장은 알맞은 길이로 써야 내용을 잘 전달할 수 있습니다.

4주 127쪽

1 ② 2 (3) ○ (4) ○ 3 예 공부가 잘 안 돼.

1 최영대란 아이는 엄마가 없다고 하였습니다. 이 일기처럼 책을 읽고 자신의 생각이나 느낌을 일기로 쓴 것을 '독서 일기' 또는 '독후 일기', '독서 감상 일기'라고 합니다.

3 대화 글을 넣어서 일기를 쓰면, 더욱 재미있고 생생한 느낌을 줄 수 있습니다.

4주 129쪽

1 나팔꽃 2 해설 참조 3 예 떡잎들이 금방이라도 초록 날개를 팔랑이면서 하늘로 날아갈 것만 같았다.

1 이 일기는 나팔꽃이 자라는 과정을 관찰하고 쓴 일기입니다. 이렇게 무엇을 관찰한 뒤에 그것의 과정과 결과를 자신의 느낌이나 생각을 곁들여서 쓴 일기를 '관찰 일기'라고 합니다.

2 일기의 내용에 맞는 제목과 그 일기를 나타낸 그림을 서로 찾아 연결해 봅니다.

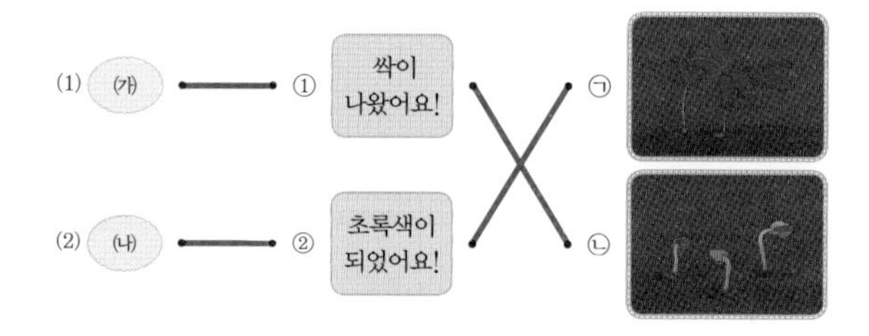

3 일기를 쓸 때 중요한 것은 '생각 쓰기'입니다. 그날 겪었던 일에 생각을 많이 곁들여 쓰면 더 생생한 일기가 됩니다. 따라서 관찰 일기를 쓸 때에도 관찰한 내용에 자신의 생각이나 느낌을 함께 쓰는 것이 좋습니다.

4주 131쪽

1 (3) ○ 2 ③ 3 예 새로운 낱말도 배우고 노래도 부르니

1 일기의 내용을 보면 앞니가 빠져 있는 모습과 관련된 노래라고 하였습니다. 이렇게 공부하면서 알게 된 내용을 일기에 쓰는 것을 '학습 일기'라고 합니다.

3 문장의 앞뒤 내용을 잘 살펴보고 어떤 점이 재미있었다는 것인지 빈칸에 덧붙여 써 봅니다. 이처럼 일기를 쓸 때 어떤 일이 있었는지, 왜 그런 생각이나 느낌이 들었는지 자세하게 써 두면, 훗날 그 일기를 읽을 때 그때의 상황과 자신의 생각들을 잘 떠올릴 수 있어 좋습니다.

4주 132~133쪽 되돌아봐요

1 해설 참조 2 예 (1) 아버지가 강아지를 사 주신 일 (2) 강아지 사랑이가 깨물어 주고 싶을 만큼 예쁘고 나를 잘 따라서 3 예 생김새, 색깔, 감촉 등을 자세히 관찰하여 쓰는 방법 4 해설 참조 5 해설 참조

1 어제 하루 동안 내가 어떤 일을 겪었는지 '아침, 낮, 저녁'의 순서대로 떠올려 봅니다.

아침	낮	저녁
예 • 실컷 늦잠을 잤다.	예 • 아버지가 강아지를 사 주셨다. • 강아지 이름을 사랑이라고 지었다.	예 • 써니가 사랑이를 물려고 했다. • 사랑이를 품에 안고 있었다.

2 어제 하루 동안 겪은 일 중에서 일기로 쓰고 싶은 일을 고르고, 그 일을 고른 까닭을 써 봅니다.

3 가장 인상 깊었던 일을 가장 잘 드러낼 수 있는 방법을 찾아봅니다.

4 일기를 쓰기 전에 쓸 내용을 정리하여 보면 도움이 많이 됩니다.

날짜, 요일, 날씨	예 20○○년 6월 14일 일요일 날씨 : 먹구름 가득
겪은 일 (가장 인상 깊었던 일)	아버지께서 강아지 한 마리를 사 주셨다.
그 일에 대한 생각이나 느낌	예 사랑이가 무척 귀여워서 꽉 깨물어 주고 싶다.

제목 : 예 우리 집에 사랑이가 왔다!

5 예 20○○년 6월 14일 일요일 날씨 : 먹구름 가득
제목 : 우리 집에 사랑이가 왔다!
오늘 낮에 아버지께서 강아지 한 마리를 사 주셨다. 강아지의 이름은 '사랑'이라고 지었다. 갈색 털에 몸집이 작은 사랑이의 특징은 배가 갈색과 하얀색으로 얼룩져 있다는 것이다.
사랑이보다 먼저 기르고 있던 강아지 써니가 샘이 나서 사랑이를 자꾸 물려고 했다. 그래서 나는 저녁 내내 사랑이를 안고 있었다. 덕분에 사랑이는 우리 가족 중에서 특히 나를 잘 따르게 되었다.
사랑이가 무척 귀여워서 꽉 깨물어 주고 싶다. 내일은 사랑이랑 또 무엇을 하고 놀까? 내일이 기대된다.

4주 135쪽 궁금해요

예 일기를 쓰면 그날그날 자신의 행동이나 생각을 돌아보게 되므로 행동과 생각을 바르게 할 수 있어요. / 매일매일 일기를 쓰다 보면 생각하는 힘이 길러져요. / 글 쓰는 능력이 자라요.

● 매일 일기를 쓰면 자기만의 역사가 기록되므로 먼 훗날 과거를 돌아볼 수 있는 좋은 자료가 됩니다.

4주 137쪽 내가 할래요

- 예시 답안 생략(보기 참조)

- 현실과 다른 자유로운 상상을 펼칠 수 있는 주제를 정하고, 그런 상황에서 무엇을 하고 싶은지, 또는 어떤 점이 좋고 나쁜지 마음껏 상상해서 써 봅니다.

NE 능률

계산력이 탄탄하다는 건
수학이 쉬워진다는 것

시리즈 구성

1학년	1-1	1-2
2학년	2-1	2-2
3학년	3-1	3-2
4학년	4-1	4-2
5학년	5-1	5-2
6학년	6-1	6-2

1 현직 교사가 만들다

학교 선생님의 노하우가 담긴 연산 원리 학습법으로
수학이 쉬워지는 수해력의 첫걸음을 내딛게 만듭니다.

2 수학 공부 습관을 만들다

하루 2쪽씩 알차게 학습하여
꾸준한 수학 공부 습관을 만듭니다.

3 탄탄한 계산력을 만들다

단계별 학습 후 최종 계산력 평가를 함으로써
빈틈없는 수학 기초 체력을 만듭니다.